フェミニスト紫式部の生活と意見

現代用語で読み解く「源氏物語」

奥山景布子

集英社

フェミニスト紫式部の生活と意見

〜現代用語で読み解く「源氏物語」〜

目次

装幀　アルビレオ
帯装画・本文挿画　中島花野
図版〈18、143、227頁〉　小松　昇（ライズ・デザインルーム）

はじめに　「サブカル」、そして「ジェンダー」「フェミニズム」
——紫式部《むらさきしきぶ》の追究した「人間の真実」

成立から千余年を経てもなお、読み継がれる「源氏物語《げんじものがたり》」。世界が認める、日本文学における第一級の古典ですが、ただ近頃では、「書かれた当時はサブカルだったんでしょ？」と、鋭い見解を持つ方も増えてきました。それは、確かにそのとおりです。

二十一世紀、現代の日本では、サブカルチャー（ライトノベルや漫画、アニメなど）と呼ばれる領域への評価がとても高くなっていて、もはや「メイン」と「サブ」の区分けそのものが無意味になっていますが、かつてはそうではありませんでした。二十世紀頃までは、文学や芸術には、メイン＝「権威のあるもの」、サブ＝「娯楽に過ぎないもの」の位置づけが厳然とあり、そしてその端緒は、ずっと昔、日本語の書記スタイルが確立されていく過程にまで遡ります。

もともとは文字のない、「読む」「書く」ことのできない言語であった日本語。それを可能にしたのは、大陸からやってきた漢字でした。やがて漢字から仮名が生まれ、日本語の読み書きに豊かで多彩なスタイルが確立されていくのですが、その過程で、文芸というカルチャーには明白な格付けがなされるようになり、それはジェンダーとも密接に結びついていきます。

平安時代、第一に重んじられたのは漢詩でした。そして次が和歌です。これらが重んじられてきたことは、「勅撰（朝廷からの命令によって撰集すること）」による詩集や歌集が存在している事実からもよく分かります。それらを見てみると、漢詩の作者がほぼ男性で占められているのに対し、和歌の作者には女性もかなりの人数が存在しているので、漢字（真名）＝男性、仮名＝女性というジェンダー意識があったことは間違いないところです。

当時の男性たちには、朝廷での仕事には漢文を、女性と恋を語るには和文を用いるという、公私で言語を使い分ける、ある種のバイリンガルであることが求められていたのでした。

一方、「源氏物語」のような仮名主体の和文で書かれた架空の物語は、言い古された表現ですが、あくまで「おんなこども」の娯楽扱い。まさにサブカルチャーでした。そのせいでしょう、今伝わっている当時の物語は、作者名がほとんど知られていません。作者が誰かはどうでも良い、あるいは、作者であることが名誉にはならないと思われる程度の、軽んじられた文化だったのです。

しかし「源氏物語」は、女性だけのコミュニティに留まらない多くの読者を獲得して高い評判を得ました。それまでの物語をめぐる状況から一気に飛び出した、例外的な作品と言えます。やがて作者が紫式部（もともとの名は藤《ふじ／とうの》式部）であることも知られて、さらには時の天皇までが読むほどの作品になります。

■紫式部のプライドが垣間見える「紫式部日記」

紫式部は「源氏物語」のほかに「紫式部日記」と呼ばれる日記も残しています。この作品には主に、紫式部の女主人である彰子《しょうし／あきこ》（藤原道長《ふじわらのみちなが》の長女）が、一条《いちじょう》天皇の皇子を出産した際の晴れがましい多くの行事の様子が描かれていますが、その一コマとして、彰子に命じられて、物語の「御冊子《みぞうし》作り」に励む作者が登場します。紫式部が中心になって書写などの編集作業が進められる中、彰子の父、道長は、紙や筆、墨や硯などを気前よく差し入れ、それらはほぼそのまま式部に与えられたようです。「源氏物語の作者」としての彼女が、いかに主家から特別待遇を受けていたかがよく分かる逸話です。

天皇の后、彰子に仕える女房（身分ある人の側に仕える女性たちの呼称。侍女）には、あの今話題の「源氏物語」を書いた女がいるらしい――これほどの扱われ方であれば、左大臣道長の機嫌を伺う貴族男性たちにも、紫式部の名は知れ渡っていたことでしょう。

ただ、本来「おんなこども」の読み物が周囲の男性たちにも認められたからといって、紫式部がそれを単純に喜んでいたわけではないことも、「紫式部日記」は伝えています。

寛弘五（一〇〇八）年十一月一日。この日、九月に生まれた皇子の生後五十日目を祝う儀式が行われました。当然、儀式の後は酒宴が催され、大臣以下、お歴々が揃って飲めや歌えで、さんざん座が乱れた頃、女房たちの控える座の方をのぞき込んで、こう呼びかけた人がいました。

あなかしこ、このわたりに、わかむらさきやさぶらふ
（恐れ入りますが、このあたりに若紫《わかむらさき》はおりましょうか）
（「紫式部日記」）

声の主は、中納言の藤原公任《きんとう》、四十二歳。道長とは同い年で、祖父同士が兄弟という間柄の人物です。当時、政治家としては道長にすっかり差をつけられていた公任ですが、彼には男性の上流貴族たちからも女房たちからも一目置かれる、別の側面がありました。

先ほど勅撰の和歌集について触れましたが、「古今和歌集」「後撰和歌集」に続く三つめの勅撰和歌集である「拾遺和歌集」は実は、この公任が撰集した歌集をもとにして成り立ったものなのです。勅撰の歌集と言えば、歌が一首採用されるだけでも大きな名誉と考えられた時代に、公任はその撰を朝廷から任されていました。つまり、和歌の世界の第一人者だったわけです。

それだけではありません。古典のお好きな方は、「大鏡」に記された「三舟の才」の逸話をご存じの方も多いでしょう。道長が（史実としては主催は道長ではなく、道長の父兼家《かねいえ》とされる）大井川に出かけた際、舟を三艘仕立て、「作文（漢詩）」「管絃（音楽）」「和歌」、それぞれ得意な人を乗せるよう指名したが、公任だけにはどの舟に乗るか自身に選ばせたという話です（「大鏡」太政大臣頼忠《よりただ》伝）。

この時公任は和歌の舟を選び、そこで詠んだ歌は絶賛されたのですが、一方で「やはり漢詩の舟に乗れば良かった、その方が名誉は大きかっただろう」と言ったとされます。文化人としての公任の存在感の大きさがよく分かるとともに、文芸の位置づけも端的に示されています。

間違いなく歌壇のトップであり、そして、漢詩、音楽においても一流。つまり、公任は「当代第一級の文化人」でした。そんな人が明らかに「源氏物語」を読んでいて、その作者である自分を会話の相手として名指ししてきたのです。

大変名誉なこと！　だと思うのですが、紫式部は返事をせず、黙ったままでした。

源氏に似《かか》るべき人も見えたまはぬに、かの上《うへ》は、まいていかでものしたまはむと、聞きゐたり　（「紫式部日記」）

（光《ひかる》源氏に似ていそうな人もお見えにならないのに、あの紫《むらさき》の上《うえ》がましていどうしておいでになるはずがありましょうかと、聞き流したままでいた）

実は、「大鏡」や「栄花物語」などの歴史物語、あるいは「小右記」といった同時代の男性の記録などに残る複数の逸話から察するに、どうも公任という人は、文化人として重んじられる一方で、時にデリカシーに欠ける、いわゆる「失言の多い」タイプでもあったようです。

そうした公任のキャラクターを考慮に入れつつ、「若紫」発言を考えると、「聞きゐたり」という態度を取るしかなかった紫式部の心境には、「日記」に書かれた表現以上に、複雑なものがあったのではないかという気がしてきます。

「若紫」は、「源氏物語」に多く登場する女性のうち、もっとも重要なキャラクターの一人です。主人公光源氏の初恋の人で、かつ重大な罪を共有する相手でもある后、藤壺宮《ふじつぼのみや》。この藤壺宮によく似た面差しを持つ少女として現れた「若紫」は、やがて成長し、紫の上と呼ばれて、光源氏の側に長く寄り添う存在になります。

公任から「若紫」と呼びかけられた時、紫式部はすでに三十代後半だったと考えられます。四十歳を無事に迎えられたら長寿として祝う時代。「紫式部日記」には、自身の老眼と思しき状態を記した箇所などもありますし、そんな年頃の女性にとって、いくら自分の造型したキャラクターとはいえ、いや、むしろ自分の描いたキャラクターだからこそ、「若紫」――十歳そこそこの美少女の名で呼びかけられるというのは、なかなか返答に困るシチュエーションではないでしょうか。

もちろん、こうした折、臆することなく明るく対応できる女性もいるでしょう。例えばこれが宮仕えをしていた頃の清少納言《せいしょうなごん》だったら、この発言を逆手に取り、公任を上手にやり込めたかもしれません。しかし、「紫式部日記」を見る限り、彼女はもともと、人前に出ることをとても苦手としていたようですし、そうした積極的な態度に出るタイプではなかったでしょう。ただただ黙ったまま、「まあ、なんて嫌みな」ぐらいの言葉をぐっと飲み込んでいたのではという気がします。

だからこその「光源氏に似た人もいない」――誰も光源氏には似ていない、ましてあなたなんて絶対に、光源氏には似ていない、だったのかもしれません。

■当時の女房の立ち位置

さらに言えば、この公任の発言「わかむらさき」は「若紫」ではなく、「我が紫」と理解すべきだという説もあります。仮名の古い表記には濁点を付す習慣がないので、可能性は十分あります。公任のキャラクターや、男性たちがどうやらみな酔っ払って座がかなり乱れていたことなどを考えると、「我が紫」の方がむしろありそうな気がしてくるのです。

もしそうだとすると、公任の発言は「若紫」よりもっと馴れ馴れしい印象になります。と同時に、紫式部だけでなく、人の家に仕える女房という女性たちがおそらく直面していたであろう、その立場の難しさについて、どうしても考えざるを得なくなってきます。

女房という仕事に、身分の高い男性から気軽に言い寄られやすい側面があったことは否定できません（女房が主人筋の男性と男女の関係になってしまった場合、通常の結婚相手とはまずみなされません。「召人《めしゅうど》」と呼ばれる立場として、ごく軽く扱われることになります。詳しくは第九講をご参照ください）。

関係が容易に生じやすいとは同時に、実際にはそうした関係にない相手とでも、何かあればすぐ噂にされる危険性も高かったことになります。

「我が紫やさぶらふ」――公任の性格から察するに、おそらく何の悪気も含みもなかったのだろうと思いますが、これを聞いて「おや、紫式部は公任さまとずいぶん親しいのかしら?」と興味津々で聞き耳を立ててしまった同僚もいたかもしれません。「さぶらひたまふ」ではなく、敬語のつかない「さぶらふ」であったあたりも、親しげに響いたことでしょう。

紫式部には道長の召人であったという説もあります。仮に事実だとすれば、公任と噂になればきっとややこしいことになるでしょうし、そうでなくとも、軽々しく口を利いたりしたら、誰に何を疑われるか分からず、今後の仕事に差し障る可能性だってあります。

「若紫」にせよ「我が紫」にせよ、紫式部の沈黙には、切実な理由があったわけです。

■作品に潜む、作者の本音

また、「源氏物語」そのものを読み進めていくと、周囲からの褒め言葉に対して、「私はそんなことでたやすく喜ぶつもりはない、私の物語はそんなものではない」という紫式部の声が聞こえてきそうな、強い表現に出会います。

例えば、「源氏物語」の蛍《ほたる》巻でのこと。三十六歳になった光源氏のもとには、玉鬘《たまかずら》と呼ばれる若い姫がいます。彼女は幼い頃にやむを得ない事情から京を離れ、筑紫で育った後、紆余曲折を経て光源氏のもとに引き取られるという数奇な運命の体験者です。

玉鬘は、自分の身の上と引き比べつつ、光源氏の邸にある数々の物語に熱中しますが、そんな姫に対し光源氏は、

虚言《そらごと》をよくし馴《な》れたる口つきよりぞ言ひ出だすらむとおぼゆれどさしもあらじや　（蛍巻）

（作り話をしなれた人の口から出たものだろうと思われるけれど、そうでもないのだろうか）

と、からかいます。姫が反発しつつも、光源氏の真意を知ろうと彼の方に向き直ったとき、出て来た言葉は次のようなものでした。

神代《かみよ》より世にあることを、記《しる》しおきけるななり。日本紀《にほんぎ》などは、ただかたそばぞかし。これらにこそ道々《みちみち》しく詳《くは》しきことはあらめとて笑ひたまふ　（蛍巻）

（物語は、神代の時代からこれまで、世に起きたことを書き残したものだといいます。「日本書紀」などの朝廷によってまとめられた正史は、ほんの一面でしょう。物語にこそ道理にかなった詳しいことがあるのでしょう、と言ってお笑いになる）

私は、ここにこそ、紫式部の本音があると思うのです。

私は普段、歴史小説を書いています。取材の過程で、こんな人が、こんなことをしていたんだ、こんな目に遭っていたんだ、という歴史上の事件によく出会います。もちろん私の作品はあくまで小説ですが、書いていて「これこそ真実だ」という気持ちになることは少なくありません。

また、全くのフィクション、それが現実の世界にはあり得ないようなストーリーであっても、その物語に多くの人が共感を得る作品ならば、褒め言葉としてはよくある表現ですが「人間の真実が描けている」——すなわち、光源氏の言う「道々《みちみち》しく詳《くは》しきこと」がそこに存在しているのでしょう。

■紫式部のフェミニズム

現代と違い、物語＝フィクションの地位が格段に低かった平安時代に、あれだけの長大な作品を書き継ぐには、余程の情熱と覚悟が必要だったはずです。途中から彰子や道長といった支援者に恵まれたとはいえ、「漢詩より、和歌より、私が読みたい、そして書きたいのは物語」と、世間一般の価値観とはあえて一線を画す強気と根気が、執筆の源にあったのではないでしょうか。

幼い頃、父、為時《ためとき》が「この子が男子でなかったのは運がない」と嘆いたという有名な逸話が「紫式部日記」にはあります。漢籍はあくまで男性の必須教養で、女性が身につけても活かせる場はありません。

それどころか、自分の家に仕える女房たちにはこんな陰口さえ叩かれることもありました。

御前《おまへ》はかくおはすれば、御幸《さいは》ひは少《すく》なきなり。なでふ女が真名書《まんなぶみ》は読む。昔は経読むをだに人は制しき

（「紫式部日記」）

（うちのご主人は、こんなふうだから幸が薄いのです。いったいどんな女が漢籍なんか読むでしょうか。昔はお経を読むのだって止められたというのに）

今なお、研究者から新たな発見や指摘が出されて議論になるほど、「源氏物語」には漢籍の深い知識がふんだんかつ緻密に盛り込まれています。研究者だった頃も、作家になってからも、引用されている漢籍の文脈が理解できて、「源氏物語」の文脈と響き合って意味が何層にもなるような瞬間に、「そういうことか！」と、私は何度心躍ったかしれません。しかし、紫式部の生きた時代、世間一般の女性たちの目には、漢籍を読み、物語を書く女の姿は、「御幸《さいは》ひは少《すく》なき」ものとしか映らなかったのです。

女が漢籍を読んで何がいけない、物語に熱中して何が悪い――こうした、世間一般の価値観への違和感や、それらに抗いたい思い、あるいはこうあってほしいという願いは、書き進めば書き進むほど、登場人物たちの悩みに寄り添う形で、さまざまに進化、深化していく。「源氏物語」を読み返すたびに、私はそんな思いをいつも深くしています。

男性も女性も、生き方の選択肢が現代とは比べものにならないほど少なかった平安時代。です

が、「源氏物語」からは、今の私たちにも強く訴えかける、「道々《みちみち》しく詳《くは》しきこと」がたくさん読み取れます。

そしてこれまでにも何人もの作家や研究者が指摘してきたとおり、その中には、現代のフェミニズムに近い感覚が多く含まれていると私は考えています。ジェンダーやセクシュアリティといった概念や言葉が存在しなくても、問題意識や批判的姿勢は、今に通じているのではないでしょうか。

本書では、そんな視点から見えてくる、「源氏物語」に描かれた世界について、ご紹介していきたいと思います。

「源氏物語」全五十四帖　巻名リスト

※巻名および巻の分け方には諸説ありますが、通説に基づいています。

【第一部】

1	桐《きり》壺《つぼ》
2	帚《ははき》木《ぎ》
3	空《うつ》蟬《せみ》
4	夕《ゆう》顔《がお》
5	若《わか》紫《むらさき》
6	末《すえ》摘《つむ》花《はな》
7	紅葉《もみじの》賀《が》
8	花《はなの》宴《えん》
9	葵《あおい》
10	賢《さか》木《き》
11	花《はな》散《ちる》里《さと》
12	須《す》磨《ま》
13	明石《あかし》
14	澪《みお》標《つくし》
15	蓬《よもぎ》生《う》
16	関《せき》屋《や》
17	絵《え》合《あわせ》
18	松《まつ》風《かぜ》
19	薄《うす》雲《ぐも》
20	朝《あさ》顔《がお》
21	少女《おとめ》
22	玉《たま》鬘《かずら》
23	初《はつ》音《ね》
24	胡《こ》蝶《ちょう》
25	蛍《ほたる》
26	常《とこ》夏《なつ》
27	篝《かがり》火《び》
28	野《の》分《わき》
29	行幸《みゆき》
30	藤《ふじ》袴《ばかま》
31	真《ま》木《き》柱《ばしら》
32	梅《うめが》枝《え》
33	藤《ふじの》裏《うら》葉《ば》

【第二部】

34	若《わか》菜《な》 上《じょう》
35	若《わか》菜《な》 下《げ》
36	柏《かしわ》木《ぎ》
37	横《よこ》笛《ぶえ》
38	鈴《すず》虫《むし》
39	夕《ゆう》霧《ぎり》
40	御《み》法《のり》
41	幻《まぼろし》
	(雲《くも》隠《がくれ》)

【第三部】

42	匂宮《におうのみや》
43	紅《こう》梅《ばい》
44	竹《たけ》河《かわ》
45	橋《はし》姫《ひめ》
46	椎《しいが》本《もと》
47	総角《あげまき》
48	早《さ》蕨《わらび》
49	宿《やどり》木《ぎ》
50	東《あずま》屋《や》
51	浮《うき》舟《ふね》
52	蜻蛉《かげろう》
53	手《て》習《ならい》
54	夢《ゆめの》浮《うき》橋《はし》

※22巻「玉鬘」～31巻「真木柱」を「玉鬘十帖」と呼ぶことがあります。

※45巻「橋姫」～54巻「夢浮橋」を「宇治十帖」と呼ぶことがあります。

第一講　「ホモソーシャル」な雨夜の品定め

——平安の「ミソジニー」空間

■女、恋というものは？

「源氏物語」の最初の巻は桐壺《きりつぼ》で、ここでは光源氏の出生にまつわる物語が描かれています。時の帝が、後宮に仕えていた一人の更衣を溺愛した結果、生まれた第二皇子というのが、彼のもともとの出自です。

帝はこの皇子の誕生により、いっそう更衣を重んじるようになりますが、それはかえって周囲との軋轢を生み、やがて心労の積もり積もった母更衣は亡くなってしまいます。残された皇子は、成長するにつれ、人並み外れてすべてに優れた資質を示すようになり、帝はその様子を喜びますが、次第に、「政治的にバックアップしてくれる母方の一族もいないのに、これほど優秀では、かえって災いに巻き込まれる可能性が高くなる」と憂うようにもなります。

結局父帝は悩んだ末、この優れた皇子を皇族から離脱させ、「源《みなもと》」という姓を与えます。皇位継承をめぐる争いを未然に防ぎたいという帝の願いは、彼に臣下の一人として生きる道を選ばせることになったのでした――ざっくりまとめてしまうとこんな感じでしょうか。「源」の姓を名乗る、光り輝くほど美しく優れた貴公子、光源氏という男性が、どんな両親のもとに誕生し、どんな幼少期を過ごしたかが書かれているのが、桐壺巻です。

では次はいよいよ、成人した彼の華麗なる恋愛遍歴が展開するのかしら――そう期待して帚木《ははきぎ》巻へ入ると、読者はちょっと肩すかしをくらった気持ちになります。というのは、この巻で最初に、そして長々と書かれているのは「男ばっかりの雑談風景」だからです。

おやおや？　と思って読み進めると、実はこの場が、年上の男性たちから「女、あるいは恋というものは」を、十七歳の光源氏が耳学問的に学ぶ場、つまり、実際の女性たちと向き合う前の準備段階であったことが分かり、読者としては「ふむふむ、それで」と納得もし、次の展開への興味も惹かれるという仕掛けになっているわけです。

■自身のミソジニー体験と「男同士の絆」

この「雨夜の品定め」と呼ばれる場面を読むたびに、思い浮かべてしまう学生時代の思い出があります。

私の通っていた大学の文学部では、三年生に進級する時に、それぞれ、研究室に振り分けられることになっていました。無事希望通り、国文学の門を叩けることになった私は、進級予定者向けの説明会に出席するため、指定された場所に向かいました。すべての壁が天井まで本で埋まっているその部屋へ、おそるおそる足を踏み入れようとしていると、数人の上級生らしい男性たちがひそひそと何やら廊下で話をしている気配がありました。

……「今年はまあまあかな」「去年の方が当たりだった」「どうも花が少ないな」……。あいにく耳の良い私には、彼らの声が聞こえてしまったのです。

後ですぐに分かりましたが、彼らはみな、大学院生でした。当時の国文学研究室は、学部生は女子が圧倒的に多い（私の同期も女子十人、男子三人でした）のに、院生はほぼ男子ばかりという不思議な男女比率で、院生たちは新しい学部生が進学してくると、まずはその容姿を品定めしていたのです。

「はずれ」と判定された私は、それならと奮起して猛然と学問に励んだ、かどうかはあまり覚えていませんが、良い気はしなかったのは事実です。ただ、その後、講義や演習に参加するにあたり、そうした男子院生の先輩方と接する機会が多くありましたが、ひとりひとりは皆さん本当に紳士的で、辞書の使い方や文献の探し方など、分け隔てなく丁寧に教えてくださる方がほとんどでした。

ひとりずつは良い先輩方なのに、あの集団の時の嫌な感じは何だったんだろう――その疑問は、自分が大学院に進んでからようやく解けました。フェミニズム批評について学び、「ホモソーシャル」と「ミソジニー」という概念（イヴ・K・セジウィック『男同士の絆』上原早苗・亀澤美由紀訳、名古屋大学出版会）を知ったからです。女性に向けての差別的なまなざしやふるまいを共有することで、「異性愛者」の「男同士」が絆を深める――まさに先輩たちの言動はこれだったのだと思いました。

「ミソジニー」が「女性嫌悪」と訳されているため、「いやいや、おれたち女性、大好きだよ」とにこやかに言ってくださる方もありますが、どう「好き」なのか、私にはついつい、疑ってかかる癖がついています。

たとえばアスリートや議員など、各分野で活躍する女性について「美人過ぎる〇〇」「ママさん〇〇」などと表現することは、さすがにずいぶん減ってきましたが、「なぜこうした表現がまずいのか」までは、なかなか深く考えられ、共有されているとは言えない気がします。

これらは、書いている方は褒めたつもりでも、実は女性の役割を狭く限定されたものに固定してしまう言動で、突き詰めれば「自分たちのコミュニティにおいて、女性を対等、あるいは正式なメンバーと認めない、認めたくない」態度や意識につながっているのです。時に無自覚にこぼれてしまう、こうした言動の根底にあるのが「ミソジニー」だろうと私は理解しています。

■「女は中流が面白い」!?

ちょっと脱線が長くなってしまいましたが——でも「源氏物語」の「雨夜の品定め」にも、私はやっぱり「ホモソーシャル」と「ミソジニー」、それを冷静に物語に写し取ってみせた紫式部の批判的姿勢を、どうしても感じてしまうのです。その理由はおしまいの方で明かすことにして、ともあれ、彼らのおしゃべりに耳を傾けてみましょう。

場所は内裏、後宮の殿舎である桐壺の一室です。臣下の身になった光源氏ですが、父帝による特別扱いで、亡き母が与えられていた殿舎をそのまま、朝廷へ出仕したときの私室にあてがわれていました。

時は長雨の続く陰暦五月。帝は何か不都合でもあったのでしょうか、「物忌《ものいみ》」が続いていました。物忌とは、体調不良や悪夢など、心身に何か日ごろと違う不調を感じた際、陰陽師の判断を仰いで、一定の期間、行動を制限して謹慎することを言います。父帝の物忌なので、光源氏はその間、宮中で待機していたのでしょう。

そこをまず訪れたのは、友人の頭中将《とうのちゅうじょう》です。光源氏は生い立ちがあまりに特殊なので、みなが遠慮してしまい、同性の友人はなかなか作りにくかったようですが、この人は左大臣を父に持つ貴公子で、しかも母が帝の妹であり、光源氏とはいとこ同士でもあることから、臆せず親しくなったようです。

二人ともお互いが女性たちの注目の的であることは自負していますから、「そなたのところには、さぞかし女からの文がたくさん集まっているだろう」と探り合ううち、中将はやがて、

女の、これはしもと難《なん》つくまじきは難《かた》くもあるかなと、やうやうなむ見たまへ知る

（帚木巻）

（女で、これはと思えて欠点の見当たらないというのは、まずないものだと、だんだんよく分かってきました）

と、いかにも自分が経験豊富だと言わんばかりに語り始めます（このときの頭中将の年齢は二十

二〜二十三歳くらいと推定されます）。

女性を身分の上下で三段階に分類し、「中流の女が面白い」と結論づけた頭中将の得意げなうんちくに、光源氏が「中流と言っても、もともと中流なのもあれば、下から成り上がったのとか、上から落ちぶれたのとか、いろいろあるだろう」とツッコミを入れていると、さらに二人、男性が話に加わってきます。一人は左馬頭《ひだりのうまのかみ》、もう一人は藤式部丞《とうしきぶのじょう》です。

ここから展開する四人の（と言っても、話しているのはほとんど左馬頭と頭中将）「女についての話」は、互いの姉妹の存在を軽く当てこすってみたり、政《まつりごと》の人材選びになぞらえてみたり、自分たちの移り気を棚に上げて女には寛容さを求めてみたり、かと思えば芸術に喩えてみたりと、あっちこっちへ飛んで、真面目に読んでいると図々しくて面倒くさくて、正直ちょっぴり飽き飽きしてきます。

ダレてきた話がふたたび俄然面白くなるのは、それぞれの体験談の披露が始まる後半です。左馬頭からは「しっかり者だが嫉妬深い女」と「見栄えは良いが浮気な女」、頭中将からは「控えめすぎる女」（これは、後の夕顔《ゆうがお》巻への伏線です）、藤式部丞からは「漢籍に精通した女」の話が語られます。

■一夫多妻？

さて、彼らの勝手な言い分と体験談を冷静に読んでいくと、実は興味深いことに気づきます。

彼らの話の中にはどうも、「妻」用の女と「愛人」用の女、両方が特に断りもなく混在しているのです。

現代の読者諸氏の多くは、「平安時代って一夫多妻でしょう?」と考えているかもしれません。でも実は、天皇家を除けば、原則は一夫一婦制であったとする見解も研究者の間には根強くあり、婚姻制度をめぐる議論は決着しているわけではありません(工藤重矩『源氏物語の結婚』中公新書)。

平安時代にも法律は存在します。大宝律令(七〇一年制定)を七五七年に改定した養老律令です。その中の「戸婚律」には、重婚を禁止する条文があり、違反すれば男女ともに罰せられるとあります(律令そのものは散逸しているが、諸書の引用により復元が行われている。ここでは「万葉集」巻十八、四一〇六詞書を参考にしている)。

ただ、あまりにも成立から時を経てしまっているため、平安時代にはもはやこの条文は守られておらず、実態は一夫多妻だったと見るべきだという説と、社会の根底には一夫一婦の意識が存在していて、あくまで、男性が正式な妻以外に妾を持つことに、社会全体がとても寛容だったに過ぎないと見る説とがあるのです。

私としては、後者の考えを採る方が、いろんな事例をすっきり説明できるなあという気がしています。というのは、少なくともある程度の身分ある男性に関しては、「その時点で正妻がいるかどうか、いる場合、それは誰なのか」は対外的にはっきりしていること、母親が正妻かどうかで、子が社会参加の際に父親から受けられるサポートに差があること、子ができないからとか、他に身分の高い女性と関係が出来たからと言って、正妻が他の人に取って代わられる（降格される）ような例は見当たらないこと、などを実例から検証できるからです。

「源氏物語」について言えば、作中きっての怨霊ヒロイン、六条御息所《ろくじょうみやすどころ》が、あれほど光源氏との恋に心を痛めなければならなかった理由や、物語後半で光源氏のもとに女三宮《おんなさんのみや》が降嫁してきた際、紫の上、あるいは周囲の人はどう受け止めていたのかといった解釈も、一夫一婦制の意識が根底には残っている社会情勢を反映していると考えた方が、理解しやすいように思えます。

ただなにしろ、歴とした正式な妻がいるにもかかわらず、他の女性と堂々と結婚の儀式（今で言う披露宴のような）をすることさえ行われていたので、時代を隔てた私たちから見ると、そのあたりは判然としにくいのだと思われます。

■女を語る男の事情

結婚制度をめぐる細かい話に深入りしてしまいましたが、「雨夜の品定め」の場にいる四人の男性たちの女性関係はどうだったのか、一度確かめてみましょう。

光源氏にはもうこの時点で正妻がいます。この場に同席している頭中将の妹で、葵の上《あおいのうえ》と呼ばれる女性です。元服（男子の成人の儀式）と同時に親同士が決めた政略結婚で、どうもあまりしっくりいっていないと書かれていますが、簡単に離婚なんてできないのが政略結婚。もし光源氏が離婚して他の女性と再婚したくなったりしたら、左大臣家と帝との関係が悪くなってしまいます。さらに、再婚したい相手が誰かによっては、政治の世界を大混乱させる事態にだってなりかねません。

帝の皇子という特別な出自ではあっても、政治的にバックアップしてくれる母方の親族を持たない彼は、本音はどうあろうと葵の上＝左大臣家を尊重し、あとは家同士のつながりに配慮しなくていい、「こっそり」楽しめる、「できるだけ差し障りの少ない」恋の相手を漁るしかないのです。となれば当然、相手の身分は「中流以下が良い」ということになるでしょう。

さて、一方の頭中将。光源氏は自分の妹の夫なのに、なぜ頭中将は彼を相手にこんな内緒話なんかできるんだろう、ひどい――現代の読者はそう思ってしまうかもしれません。

それについては、頭中将の側にも同じような事情があります。彼の正妻は右大臣家の四女です。右大臣家の長女は帝の女御《にょうご》で、皇太子の母でもありますから、この結婚はいわば左右大臣家が必要以上に争わないための提携の証し。となれば、彼もやはり、間違っても離婚はできません。彼も光源氏と同じように、今可能な恋の相手は、「中流以下」の差し障りのない恋人ということになります。

同じような状況にある二人の貴公子――頭中将がここで、光源氏の女性関係にいささか下衆な探りを入れるのは「窮屈なのはお互いさまさ。まあほどほどにしておいてくれれば、妹にも父にも内緒にしておくよ」といった「悪事」の意識の共有。いかにもホモソーシャルと言うにふさわしい絆の深め方です。

■求む、内助の功

では、あとの二人はどうでしょう？　体験談の内容から察するに、左馬頭は「しっかり者だが嫉妬深い女」を妻、「見栄えは良いが浮気な女」を愛人にしていた模様。一方、藤式部丞の「漢籍に精通した女」は明らかに妻です。

「源氏物語」のここにしか登場しない人物なので、詳細は特定できませんが、左馬頭は従五位上《じゅごいじょう》相当（「位《い》」は朝廷に仕える者の序列、「官《かん》」は任命された役職。「位」と「官」とは対応しているのが原則で、たとえば左大臣と右大臣は正二位《しょうにい》か従二位《じゅにい》、中将ならば従四位下《じゅしいのげ》のようになっていた。「位」はあっても「官」のない者も多く、その状態は「散位《さんい／さんに》」と呼ばれた）、式部丞は六位相当の官職であること、二人とも光源氏や頭中将より年長らしく書かれていること、有力な血縁者とのつながりは書かれていないことなどを考えると、光源氏と頭中将に比べて、二人の身分は一段低いと見て良いでしょう。

もともと出自に恵まれているお坊ちゃん組に対し、こちらは自力でなんとか出世を勝ち取りたい二人だと考えられます。そうなると、妻を選ぶのは親ではなく、自分の才覚。通い婚で始まる当時の結婚では、若い男性の暮らしの世話は妻の方で面倒を見るのが習慣です。できるだけ出世の助けになりそうな女を探さなくてはいけません。

当時の朝廷では様々の儀式を滞りなく行うことが重要視されていましたから、男性たちにはT

ＰＯに合った装束を調えることが大きな課題の一つでしたが、それを担うのは妻の役目。これについては、単に妻個人の染めや仕立ての技術の巧拙にとどまらず、質の良い布を入手したり、技術を持った使用人を雇ったりできるかといった経済的な問題もついてきます。彼らには彼らで、光源氏や頭中将らのお坊ちゃんたちとはまた違う、妻選びの苦労があるのです。

さきほど、頭中将が女を上中下に分けたと紹介しましたが、実は語っている男の方にだって上中下があり、それによって恋模様や結婚生活はまったく違ったものになるのです。男の方が中流なのに、上流の女と結婚や恋愛ができるチャンスなんて、この時代にはまずありませんでした。そのことは、左馬頭や藤式部丞はおそらく身に染みていたと思いますが、光源氏や頭中将は、この日、左馬頭の話を聞いてみるまで、案外気づいていなかったのかもしれません。

さて、左馬頭によれば、「しっかり者だが嫉妬深い女」はこんな様子だったといいます。

もとより思ひいたらざりけることにも、いかでこの人のためにはと、なき手を出だし、後《おく》れたる筋の心をもなほ口惜《くちを》しくは見えじと思ひ励みつつ、とにかくにつけて、ものまめやかに後見《うしろみ》（帚木巻）

（もともとは自分の知らないことでも、なんとかしてこの人のためにはと、無い知恵をしぼり、不得意な事柄も、「やはり残念な女だ」などと見られないようにと努力しながら、何かにつけて、実直に私の世話をしてくれて）

竜田姫《たつたひめ》と言はむにもつきなからず、織女《たなばた》の手にも劣るまじく、その方《かた》も具《ぐ》して
（帚木巻）

（染め物の腕前は紅葉を染める女神である竜田姫に喩えてもふさわしく、仕立て物の方も七夕の織り姫にも劣らないだろうというほど、その方面の腕もあって）

この女性はどうやら、甲斐甲斐しくて頼りがいのある妻だったようです。でも、彼女が「もの怨《ゑん》じ」――嫉妬深いという点をどうしても改められなかったことから、二人の間柄は破局に向かってしまいました。ある日、覚悟を決めていたらしい女は、左馬頭が今夜きっと我が家に来るだろうと予想した上で、「親の家」へ出かけてしまったのです。女からの、別れの宣告でした。

通い婚というと、女の方から別れを言い出すのが難しいように思われがちですが、女に頼れる親がいた場合は、できない話ではありません。実際の例でも、「蜻蛉日記《かげろうにっき》」には、作者である道《みち》綱母《つなのはは》が、親の指図で引っ越しを行い、兼家（道長の父です）との夫婦関係を解消したとあります。

この嫉妬深い女と縁が切れてしまったあと、左馬頭はすぐには妻候補を探せなかったようです。とりあえず、以前から「時々隠ろへ（時々こっそり）」会っていた、つまり「愛人」として付き合っていた女を訪れると、なんと他の男と浮気の真っ最中。うっかりその一部始終を見てしまって、こちらとも別れるしかなくなります。

この浮気女の話に頭中将は思わずうなずき、光源氏は、

すこしかた笑《ゑ》みて、さることとは思す

（微笑を浮かべて、そういうことも確かにあろうと思う）

（帚木巻）

と反応します。中流の女たちとの恋の魅力と危険、両方を感じての反応なのかな、と思しき場面で、頭中将が思わず自らの体験談、「控えめすぎる女」との話を漏らすきっかけにもなっています。

頭中将の恋人だった「控えめすぎる女」は、娘まで生まれた仲だったのに、存在を右大臣家に知られ、脅迫を受けたために、頭中将には何のことわりもなく、行方をくらませてしまいます。

右大臣家を脅かすような家のつながりなどない女だったようですが、これを聞いた光源氏は、おそらくさぞぎょっとしたことと思います。かつて自身の母の命を縮めた心痛の原因は、やはり、同じく右大臣家の長女である弘徽殿女御《こきでんのにょうご》の仕打ちにあったにちがいないと、答え合わせをするような思いに駆られて、会ったこともないその女に、深い同情を寄せたかもしれません。

■オチは？

こうして体験談の披露もたけなわ――といったところで、これまであまり口を挟んでこなかっ

た藤式部丞に出番が回ってきます。

式部がところにぞ、気色《けしき》あることはあらむ。すこしづつ語り申せ
（式部のところには、いっぷう変わった話があろう。少しずつ話して聞かせよ）
（帚木巻）

頭中将からの催促。実は、藤式部丞だけが「六位」というのには、もう一つ見逃せない背景があります。朝廷に仕える役人のうち、律令の規定において貴族とみなされるのは五位まで。六位の式部丞ではまだ貴族のうちに入らないので、彼一人だけ、身分に大きく差がついているのです。その身分差からなのでしょう、頭中将の言い方はかなり「上から」に感じられます。

そして、この「気色ある」という言葉、なかなかくせものです。私はとりあえず「いっぷう変わった」と訳してみましたが、「不気味な、あやしい」という意味にも使われるからです。

男同士の話もずいぶん長くなった。そろそろ終わりにしよう。ついてはおまえ、最後にちゃんとオチをつけろよ――どうもそんなニュアンスが感じられます。そうして始まった体験談は、藤式部丞が「博士の娘」を妻にしていた時の話というものでした。

当時の博士とは、大学寮、陰陽寮、典薬寮といった、学問や技術の分野を担当する機関の上級職です。後進の指導にもあたりますので、今で言うなら、国立大の大学教授に近いでしょうか。光源氏や頭中将のようなお坊ちゃんは、こうした機関で学ばなくても出世のチャンスに恵まれま

すが、自力でなんとかという男性にとっては、力を付けるための大切な機関でした。

博士に教わって懸命に漢籍を学ぶうち、その娘と結婚することになった。そして始まった結婚生活とは――藤式部丞は、鼻をひくひくさせながらもったいぶって語っていきます。

「寝物語にも漢詩文を教わり、交わす手紙にはいっさい仮名を交ぜず、そうして妻を師として漢詩を作る日々が続きました、さすがに気の休まらない暮らしでしたので、足が遠のくこともございました」と。

そんなある日、久々に女のもとを訪ねてみると、いつになく、「物越しの対面」という扱いを受けます。女が几帳の陰などに引っこんで顔を見せないというのですが、夫婦間でのこうした態度は、たいてい女の方が何か不満を抱えていて、男に「ちょっと察してよ」と訴える時のものです。なので、藤式部丞は「今更やきもちか、この女にしては、らしくない」と、感じたのですが、この女の事情はいささか違ったようで、本人がこう説明します。

月ごろ風病《ふびやう》重きにたへかねて、極熱《ごくねち》の草薬《さうやく》を服《ぶく》して、いと臭きによりなむえ対面賜《たいめんたま》はらぬ。目《ま》のあたりならずとも、さるべからむ雑事《ざふじ》らはうけたまはらむ　（帚木巻）

（ここ幾月、風病が重いのをがまんしかねて、極熱の草薬を服用し、ひどく臭いので、ご対面はご遠慮します。直接お顔は見ずとも、しかるべきご用などは、承りましょう）

とりあえずなんとか現代語にしてみましたが、この部分の「女性が漢文のごつごつした口調で話している」異様さをお伝えするには、私のこの訳では力不足かもしれません。それぐらい、この女の様子は「気色ある（不気味）」なのです。

さすがに嫌気が差した藤式部丞。逃げ腰になりつつ歌を一首残して去ろうとしましたが、女はそれにも素早く返歌をしてきたと言い、一部始終を語り終えた彼の様子は「しづしづと（重々しく）」と描写されます。

一方、聞き手である頭中将や光源氏は「そらごと（つくり話）」と言って笑い、どこにそんな女があるもんか、鬼と向かい合っている方がましだと「爪《つま》はじき」をした、とあります。「なんだそりゃ、あっちへ行け、しっしっ」とでも言いたげな態度ですが、これはもちろん、真面目に非難しているわけではなく、まさに藤式部丞が期待通りにうまく「ボケ」て「オチ」をつけたことに、頭中将たちが喜んで「ツッコミ」を入れている仕草と読むべきでしょう。

■見習いたい、作家根性

漢文を自在に操る、夫より博学な博士の娘――「はじめに」を読んだ方なら、きっと作者の紫式部が自身を投影していると察してくださったことでしょう。左馬頭には「源」とも「藤原」とも「平《たいら》」とも、姓を特定する表現がないのに、わざわざ式部丞だけ「藤」を冠しているのも、自身が藤原氏であることと無縁ではないはず。そもそも紫式部の本来の召し名（宮仕えのために名乗る名前）は「藤式部」でしたし。

ホモソーシャルにおいて繰り広げられた「女をめぐる話題」。その最後を飾るにふさわしい、「ひどい女」をみなで笑う話。まさにミソジニーらしい「オチ」。そこに自身を彷彿とさせる、漢籍塗《まみ》れの女を持ってくる――とんでもない作家根性だなあと、私はいつもここを読んで、拍手喝采してしまいます。

どうせ男は、自分より漢籍に通じている女のことなんか、本音ではこんなふうに思っているに決まっている。それぐらい、こっちだってよく分かってる。清少納言なんてちやほやされて良い気になっていたみたいだけど、気をつけた方が良い。男の本音なんてこんなもの。鬼とでもなんとでも言うが良いわ――「紫式部日記」に残された清少納言への悪口とも通じる、幾重にも底を構えた鋭い作家の筆、まさに「鬼」のような強いまなざしを、私は「雨夜の品定め」に感じずにはいられません。

実は今回、ここでお話しした内容のもとになった研究の途中経過を（史実における平安貴族の婚姻関係の例の分析、物語や日記類に書かれた夫婦関係との照合など）、私は一度、とある研究会で発表したことがあります。もうかれこれ二十余年ほど前になるでしょうか。その時、私が発表を終えると、一人の男性研究者が真っ先に手を上げて、次のようにおっしゃいました。

「こんな骨太でしっかりした研究を、こんな魅力的な女性が手がけていることに、僕はたいへん感銘を受けました。会のためにも喜ばしい」

これを聞いて、失礼ながら私はため息を吐くしかありませんでした。研究発表後の質疑応答の場だというのに、なぜ開口一番、「発表者が女である」ことに言及されてしまうのか。研究内容に、それがいったい何の関係があるのか。もし、同じ内容の発表を男性がしても、決して「こんな魅力的な男性が」とは言われないでしょう。

二度とこの会には出席するまい――壇上で発表資料を握りしめながら、私はそう決意し、そのとおり実行してしまいました。今の私なら、もうちょっとうまく紫式部の力を借りて切り返せるのにと思うと、それだけはいささか心残りでもあります――若くて不器用だった当時の自分の肩を、ぽんと叩いてやりたい気がします。

第二講　「ウィメンズ・スタディズ（女性学）」を古典で

――「女の主観」で探る夕顔の本心

■六条御息所が「怨霊」とは書かれていない⁉

しばらく前に、源氏物語に素材を採った朗読劇の台本を書く機会をいただいた時のことです。出演者は、みなさん日ごろから語りやアナウンスで活躍なさっているプロばかり。中には謡の心得のある巧者もいたので、せっかくだからと「源氏物語」の原文、私の現代語訳に加え、与謝野晶子の口語訳や能の「葵上《あおいのうえ》」まで重ねた欲張った台本を書いてみたのですが、その際にひとつ、「おや?」と思ったことがありました。

劇中で六条御息所（以下「御息所」）を演じることになった方々（配役の都合で複数いました）がことごとく、「怖い人なのですよね」「執念深く祟る女性ですよね」と私に確認をしてこられたのです。御息所と言えば「怖い」「執念深い」「祟る」——どうもそんな言葉がついて回っているように見受けられました。でも、原文をじっくり読み直してみるとそれはどうも違うのではないかというのが、現在の私のたどり着いている解釈なのです。

もちろん、能の「葵上」の詞章では、

恨みやさらに尽きすまじ、あら恨めしや、今は打たではかなひ候ふまじ　（能「葵上」）

（恨む心は到底尽きることはあるまい、ああ恨めしい、今はどうしてもこの女を打たずにいる

ことはできますまい）

のような、激しい恨み言が吐き出されています。でもこれはあくまで、この謡の作者（不明です）が「源氏物語」を解釈して作り出した「怨霊となった御息所」の言葉で、原文には、これに該当するような箇所はありません。

能や歌舞伎にせよ、現代劇にせよ、作り手が「源氏物語」を解釈しつつ、新しいものが生み出されるわけですが、この時代を経て繰り返される「解釈」という作業によって、御息所の像が原文からはずいぶん離れてしまったのではないか？　私は改めて、その思いを強くするとともに、その理由はどこにあるのだろう？　との疑問も抱きました。

■光源氏の正妻・葵の上と六条御息所の因縁

「源氏物語」をまだ読んでいない方のために、御息所について、少しおさらいをしておきましょう。

帝の子として生まれた光源氏ですが、父帝の配慮で、「源」という姓を賜り、皇族ではなく、貴族として生きていくことになります。それにあたって、父帝は、彼を左大臣家の姫と結婚させました。読者たちの間では「葵の上」と呼ばれる女性です。

しかし、光源氏の心を占めているのは、父帝の后である藤壺宮。自分でも覚えていない、亡き母、桐壺更衣《きりつぼのこうい》の面影を宿す人として幼い頃から親しんできた人ですが、彼の感情はもはや親しみや憧れでは済まないものになっています。

とはいえ、父帝の后を恋の対象とするわけにはいきません。満たされぬ心を抱えた彼は、高貴な麗人と噂の高い年上の女性、御息所に接近、恋仲になりますが、やがてその「いとものをあまりなるまで思ししめたる御心ざま（物事を深く突き詰めて考えすぎてしまうご性格）」（夕顔巻）を重たく感じて、段々と足が遠のいてしまいます。

一方、父帝の目からさえ「心ゆかぬなめり（気に入らぬらしい）」（紅葉賀巻《もみじのが》）と見えていた葵の上との仲でしたが、結婚九年目にして御子が授かります。喜びにあふれる左大臣家に引き換え、激しく心を乱される御息所。そんな時に、「車争い」と呼ばれる事件が起こります。

当時の習慣で、身分のある人たちは祭を見物する時にも牛車《ぎっしゃ》に乗ったままでした（一部には桟《さ》敷《じき》もありましたが、そこを利用できるのは一条大路に邸宅がある人とその縁者に限られます）。つまり、良い場所で祭見物をしたければ、祭の行列がよく見えそうなところに、車を駐めなければなりません。

その日の祭の行列に特別に参加することになった光源氏。麗しい姿で現れるであろう恋人の姿を見ようと、御息所は素性を隠してあえて質素な車で出かけます。しかし間の悪いことに、彼女の乗った車はよりによって、大勢お供を従えて堂々と現れた葵の上の車と鉢合わせして争いに。挙げ句、車は壊され、ひた隠しにしていた素性も露見してしまいます。

数ヶ月後、出産の近づく葵の上は体調を崩しがちに。「物の怪のしわざだ」と、多くの加持祈禱が行われる中、葵の上が「光源氏に言いたいことがある」と言うので、葵の上の両親も気を遣い、光源氏は葵の上と二人きりになります。

難産に苦しむ葵の上を見て、光源氏はこれまでのよそよそしい夫婦仲を悔やみ、来世までもと二人の縁を誓います。すると、葵の上の様子が別人のように変わります。

いで、あらずや。身の上のいと苦しきを、しばしやすめたまへと聞こえむとてなむ。かく参り来むともさらに思はぬを、もの思ふ人の魂《たましひ》はげにあくがるるものになむありけるとなつかしげに言ひて　（葵巻）

（「いえ、そんなことではございません。この身がまことに苦しいので、しばらく御祈禱をゆるめてくださいと申しあげたくて。こうして参上しようとのつもりはさらにありませぬのに、物思いに苦しむ者の魂は、なるほど身から抜け出してしまうものでした」と懐かしそうに言って）

嘆《なげ》きわび空に乱るるわが魂《たま》を結びとどめよしたがひのつま　（葵巻）

（嘆きのあまりに身を抜け出て空にさまよっている私の魂を、着物の下前の褄を結んでつなぎとめてください）

光源氏はこの様子を見て、「御息所が生霊となって葵の上に取り憑いた」と思い込むわけですが……。

ここでひとつ、「御息所」という呼称についても触れておきましょう。文字通りに読むと「お休み所」の意味ですが、これは、天皇か皇太子の寝所にお仕えする女性への敬称です。

ここに登場している御息所は、光源氏の恋人となる以前は、皇太子の妃として後宮にいて、娘までもうけた人でした。残念ながらその皇太子は即位しないうちに亡くなってしまったので、今では娘とともにひっそりと奥ゆかしく暮らし、世間からは敬意を払われていたのです。そうした経歴から、御息所は、光源氏の父帝からも、大切に扱うべき貴婦人として重きを置かれているともあります（この皇太子と桐壺帝との系図上の関係は物語内では明確にされていません。また賢《さか》木《き》巻で描かれている御息所の経歴は、桐壺巻と矛盾するところがあります）。

皇太子が存命であったなら、自分は皇子を産み、后になっていたかもしれない。もしそうだったら、今の左大臣家など何ほどのものか。そもそも光源氏などと憂き名を流すはずの私ではなかったのに――御息所の物思いは、光源氏への恋心もさることながら、この高い自尊心にも由来すると考えられます。

■「物の怪」とはなんなのか

「源氏物語」では物の怪というと御息所なのですが、たとえば「大鏡」「栄花物語」などの歴史物語を読んでみると、まったく違う印象を受けます。物の怪と名指しされるのはたいてい、外戚（娘や姉妹が后になることで、天皇家との結びつきを強め、権力を握る貴族）になり損なった男性で、たとえば藤原元方《もとかた》などが有名です。

しかし、そもそも物の怪とはなんなのか？という疑問が湧いてきませんか？

紫式部が生きていた時代、体調が悪かったり、夢見が悪かったり（今でいうメンタル不調でしょうか）すると、それは「物の怪の仕業」と考えられていました。そこで、祈禱師を呼び、それが誰の物の怪で、どんな恨みがあるかを憑坐《よりまし》の口寄せによって明らかにしつつ、「調伏《ちょうぶく》」に至ります。

その過程には、現代で言うところの超常現象、心霊現象のようなものが取り立ててあるわけではなく、あくまで、「（身体や心を壊すほど）誰かに恨まれている覚えがあるか？」という自覚（＝解釈）がすべてと言っていいでしょう。本人に覚えがない場合は、親や祖父母、さらに祖先は……？と過去を遡って思い巡らせることになります。元方がたびたび登場するのは、彼の娘を斥けて后になった藤原安子《あんし／やすこ》（道長の伯母）と血のつながる多くの人々が、一族の様々な「不調の理由」を、彼の恨みと解釈したからでしょう。

こうした理解の仕方はあまりに現代的過ぎると言われてしまうかもしれません。でも実は、紫式部もそう感じていたふしがあります。

紫式部の家集（私家集、和歌集）「紫式部集」にある、こんなやりとりを紹介しましょう。

亡き人にかごとをかけてわづらふも　おのが心の鬼にやはあらぬ

（妻についた物の怪を、亡き先妻のせいにして苦しんでいるけれど、実は自分の心にいる鬼のせいなのではないかしら）

ことわりや君が心の闇《やみ》なれば鬼の影とはしるく見ゆらむ

（なるほど。あなたの心が闇に惑っているから、この物の怪が鬼の姿だとはっきり分かるのですね）

これは、紫式部が「物の怪に取り憑かれた醜い女」「鬼になった先妻を縛っている僧」「経を読む男」が描かれた絵を見て詠んだ歌と、それに対する、側にいた女房の返歌です。いわゆる怪異現象にまったく恐怖を感じないほど紫式部がドライな性格であったとまでは思われませんが、こうした冷静で論理的な物の見方を持っていたことは間違いなさそうです。

■光源氏だけに見えた？　「御息所の物の怪」

「物の怪は人の心に生ずる鬼のしわざ」――そう思って「源氏物語」を読み返してみると、興味深いことが分かります。実は、御息所の物の怪を「見た」、あるいはその声を「聞いた」のは、一貫して光源氏だけなのです。先ほど紹介した葵の上（に取り憑いた御息所）の歌も、「死の淵をさまよう葵の上の光源氏への呼びかけの歌として受け取ってもまったくおかしくない」（三田村雅子『ＮＨＫ「１００分ｄｅ名著」ブックス　紫式部　源氏物語』五九頁、ＮＨＫ出版）ものとして理解できます。

葵の上自身を含め、左大臣家の人々は、葵の上の体調不良をしきりに「御息所の物の怪のせい」と考えていますが、これは自分たちが彼女を酷い目に遭わせたという後ろめたさがあるからでしょう。また、御息所自身も「自分が物の怪なのかもしれない。魂が抜け出て左大臣家に行っているのかもしれない」と思ってしまい、やがてそのことが光源氏との別れにつながっていきますが、日ごろから思い悩み、車争いの屈辱が忘れられない彼女の耳に、左大臣家の動きが人の噂として届けば、いっそうのストレスとなって体調が悪くなり、現代で言う睡眠障害や鬱のようになって悪夢を見たとしても、なんの不思議もありません。

御息所は亡くなった後、今度は生霊ではなく、亡霊としてたびたび光源氏の前に「現れ」て、紫の上や女三宮《おんなさんのみや》といった女性たちを病や出家に追いやったと書かれますが、やはりその姿を見たり、声を聞いたりするのは光源氏だけです。

これらも本当は、光源氏の中にある、彼女たちにひどい心痛を与えたという良心の呵責――「心の鬼」によって生じたものと解釈できます。自分の言動が女性たちの心にどれだけの打撃を与えたのか。それを深く突き詰めて考えることなく、「物の怪のせい」と責任転嫁して、自分のやってしまったことから目を背けてしまいたい――そんな光源氏の身勝手さこそがまさに「心の鬼」。こんなふうに読み解くのは、現代的に過ぎるでしょうか？

物の怪を見ている光源氏の目線ではなく、御息所や葵の上の目線に立って読み進めていくと、御息所は怖い人でも執念深い人でもなくて、むしろ、思い詰め過ぎて心を病んでしまった、プライドの高い、哀れで気の毒な女性としか、私には解釈できなくなってしまいます。

■夕顔はほんとうに「かわいくて無邪気」な女か？

さて、この御息所の生霊に「とり殺された」と思われているもう一人の女性、夕顔についても、私はよく言われるのとはちょっと違った印象、というよりは、疑いを持っています。

第一講で取り上げた「雨夜の品定め」以降、「中《なか》の品《しな》」と頭中将が分類した女性たちに関心を持つようになった光源氏は、様々な場所で女性たちとの出会いを求めるようになります。

そんな折、病床にあるという乳母《めのと》を光源氏は見舞おうとします。当時の乳母は、どうかすると産みの母よりも密な関係だったりして、物語でも重要な役割を果たすことがよくあります。光源氏の場合では、この乳母の息子である惟光《これみつ》を、どんな秘密も守り、常に自分のために働いてくれる腹心の部下として重宝に使い、また生涯大事にもしていますから、この乳母もとても大切にされていたようです。

五条にある乳母の住まいの前まで来て、光源氏は車の中で少し待たされることになりました。

牛車のまま邸内に乗り入れようとしたところ、車の入れる門が開いていなかったからです。待っている間、あたりを興味深く眺めていた光源氏。日ごろの行動範囲とは少し外れているので、物珍しかったのでしょう。ふと、隣家の板塀に白い花が咲いているのが目に留まりますが、光源氏はその花の名を知りません。警護の従者から「夕顔」との名を聞いた光源氏は「一房折ってまいれ」と命じます。

花を折ろうとする従者。すると、こぎれいな少女が現れ、「この上に置いて差し上げてください」と白い扇を差し出します。

この扇には、次のような歌が書かれていました。

心あてにそれかとぞ見る白露の光そへたる夕顔の花　（夕顔巻）

（当て推量にあのお方かしらと見当をつけております。白露のように光るあなたの美しさで、夕顔の花も輝きます）

これが発端となって、隣家に隠れ住んでいた女性との関係が始まりますが、展開されるのは、光源氏は彼女に素性を明かさずに通い、また彼女の方も身の上を決して打ち明けようとしないという、かなり異様な恋模様です。

互いに相手の正体を探り合いつつも、深まっていった仲ですが、光源氏が彼女を五条の家から連れ出し、「なにがしの院」へ伴っていったことで思いがけず呆気ない終わりを迎えます。夜も更けた頃、うとうとしかけた光源氏の枕もとに「いとをかしげなる女」が出現して、

己《おの》がいとめでたしと見たてまつるをば、尋ね思ほさで、かく、ことなることなき人を率《ゐ》ておはして、時めかしたまふこそ、いとめざましくつらけれ　（夕顔巻）

（この私が、あなたのことをたいそうご立派なお方と見込んでお慕い申しているのに、訪ねようともお思いにならず、こうしてなんてことのない女をお連れになって、ちやほやなさっているとは、実に心外で恨めしいこと）

と言って傍らの女を起こそうとしたと、見えた。と、それっきり、この女は息絶えてしまいます。

ここで出現した物の怪について、「源氏物語」の原文では一切、それが誰なのかについては触れていません。ただ、女の家が五条にあり、どうやら光源氏が六条にある御息所の邸へ通う「ついで」に彼女のことを探っていたことや、後の葵巻の展開まで考え合わせると、この場面の物の怪も御息所なのではないかと、読者たちはつい思わされてしまうのです。

これも、先ほどの言い方をするならば、本当は御息所のもとに通うつもりだったのに、そちらを疎かにしてこの女と深い仲になってしまっている、光源氏の罪悪感＝心の鬼が見せた物の怪と言うこともできるでしょう。

読者からは夕顔と通称されるこの女。実は「雨夜の品定め」で頭中将が行方不明になってしまったと惜しんでいた女性だと、あとになって分かります。

さて、この夕顔について。光源氏は人気のない邸内の様子に怯える彼女をこう見ていました。

よろづの嘆き忘れて、すこしうちとけゆく気色《けしき》、いとらうたし。つと御かたはらに添ひ暮らして、物をいと恐ろしと思ひたるさま、若う心苦し　　　　（夕顔巻）

（すべての嘆きの種を忘れて、少し打ち解けてゆく様子は、ほんとにかわいい。ひたとおそばに寄り添って、何かひどく恐そうにしているのが、子どもっぽくていじらしい）

「らうたし」「若う」といった言葉から分かるように、かわいくて無邪気な印象を持たれていたようで、彼女は死後も「ああいう人が他にもいないだろうか」と、光源氏の心に強い印象を残し続けます。

こうしたことから、夕顔というと、「大人しくて優しい人」「内気な女性」との印象を持っている人が多いように思います。そういえば頭中将も、「雨夜の品定め」で「らうたげ」の言葉を使っていて、やはり同じように思っていたようです。ちなみに『新編　日本古典文学全集』（小学館）では、頭中将の体験談の箇所に、「内気な女」との小見出しが付けられています。

■「内気な女」夕顔の、大胆な「企み」

しかし、私はここでちょっと、どうしても引っかかってしまうのです。隠れ住んでいながら、家の前を通りかかった光源氏をめざとく見つけ、思わせぶりな歌を送り付ける。それまで何の接点もない相手にです。これが、「内気な女」「無邪気な女」のすることでしょうか？

もちろん、この扇の歌は、夕顔本人ではなく、女房の誰かが勝手にやったことと見ることもできなくもありません。しかし、その結果、近づいてきた光源氏を拒絶しなかったことや、受け答え、歌の贈答の辻褄がちゃんと合っていることを考えると、仮にそうだったとしても、女房の仕向けたことを彼女は追認して振る舞っていたことになります。

また、互いに素性を明かしてもいない人に抱きかかえられるままに車に乗り、家から外出するというのも、この頃の女性のライフスタイルからすれば、かなり思い切った行動です。このままどこかへ連れ去られるかもしれません。悪くすれば人買いに売られ、遊女に身を落とす、などというのも、十分にあり得た時代でした。実は幼い娘がいることが、彼女の死後になって明かされるのですが、娘を置いて、誰とも分からぬ男との逢瀬のために家を出る、これはよほどのことのはずです。

なぜ夕顔はこんなに大胆なのか。残念ながら原文にはそのあたりの事情は書いてありません。でも私はこの場面の前提として、娘の母である故の、彼女の悲壮な覚悟があったのだと、解釈したくなってしまいます。そうでないと、彼女の大胆さの理由を説明できないからです。

「雨夜の品定め」で頭中将は、夕顔のことを「親もなく、いと心細げ」であったと言っています。そんな人に、彼の正妻の実家、右大臣家から「情《なさけ》なくうたてあること（情のない嫌がらせ）」が向けられていた。具体的に何を言われたのかは書かれていませんが、人の将来を呪詛するなどということが、朝廷からの公式な処罰理由にさえなる時代です。頭中将のような、将来の大臣候補と目される貴族男性にとって、娘は外戚の地位を築くにも貴重な存在ですから、右大臣家が、「よそで生まれた女子が大切にされてはこちらの立場がない」と考えて脅すなどしてくれば、夕顔の方では娘の命の危険すら覚えたかもしれません。

それなのに、頭中将はそれに気づかず、住まいを別に用意してやるなどの気遣いもせず、気まぐれに通うだけの扱いを続けていた。そのせいで、夕顔は行方知れずになったと考えられます。

頼りになる親もなく、幼い娘を抱えた女性。亡くなった父は三位中将《さんみのちゅうじょう》であったと後に明かされていますから、幼い頃は歴とした上級貴族の娘として育てられたことでしょう。右大臣家に恐れをなして、いったん頭中将と縁を切り、身を隠したものの、さて今後どうしたら良いのか、途方に暮れたはずです。

左大臣家の若君との間に授かった娘を路頭に迷わせたくない、このまま埋もれさせたくない――そう思い悩んだ時に、身分ありげな、しかも今世間で評判の光源氏かもしれない男性の車を見かけたら。その従者が我が家の庭先から花を手折ろうとしているのを見つけたら。

光源氏との関係の発端は、夕顔、あるいはその女房が必死に考えた挙げ句の企み、女たちが「生きのびるための手段」だったのではないでしょうか。他家へ宮仕えに出る伝手さえもなかったとしたら、貴族女性の生きる選択肢は、本当に少なかったのですから。

■「男の学者の目」で研究されてきた古典作品

こんな、実は「企む女」であった夕顔像について、かつて学生時代、授業で発表したことがありました。

「それは君の主観的な読みに過ぎないよね」

残念ながら、担当教員からは、こうせせら笑われてしまいました。

実は当時、私がもともと専門にしていた、「蜻蛉日記」や「とはずがたり」といった、女性の目線のみで書かれた作品についてさえ、従来の解釈とは違う解釈を提案すると、男性の研究者から「それは君が女性だからそう思うだけ」「主観だよね」と切り捨てられることは、少なくありませんでした。私の読解力はよほどおかしいのか？　と自問自答したことも、一度や二度ではありません（今はそうではないと信じています）。

主観的な読み。しかし、もともと「おんなこどもの娯楽」だった物語や、女性たちが日々の主観を連ねた日記に対して、主観的でない読みなんてあるのだろうか。そもそも客観的な読みってなんなのだと、当時私は思ったのですが、その点については、記憶に蓋をしてこれまであまり深く考えずにきてしまいました。

自分が物語の書き手になった今、物語の解釈には、ある程度の「幅」があるのだと私は改めて考えています。自分の書いた物語でさえ、読者の方から思いもかけぬ解釈（でもそれは決して間違いとは言えない）を示されて、はっとすることは多々あります。

もちろん、誤った言葉の理解や社会背景の知識不足による、明らかな誤読は否定されなければなりませんが、今回お話ししたような、登場人物のうち、誰の目線に立って物語を考察するかで物語の見え方が変わることは、許容されてもいいのではないでしょうか。

「おんなこどもの娯楽」として生まれた「源氏物語」ですが、書かれてから百年ほど経つと、注釈を付けて読まれるべき古典へと姿を変えていきます。

「源氏見ざる歌詠みは遺恨のことなり（「源氏物語」を読んでいない歌詠みは残念だ）」とは、藤原俊成《しゅんぜい／としなり》（一一一四〜一二〇四。百人一首で有名な藤原定家《ていか／さだいえ》の父です）が建久四（一一九三）年に残した言葉です。「源氏物語」の文化的評価がいかに高まったかが分かる言葉である一方、それに「注釈」を付ける人々がある種の「権威」とされる方向に向かっていることを示す言葉でもあります。

「源氏物語」をはじめとする、「古典」への「注釈」は、こうした権威ある歌人、学者から始まり、やがて近世になると「国学」という領域に置かれ、近代では「国文学」として大学などで担われ、「学会」も組織されてきました。

現代の私たちが気軽に古典の書物を手に取ることができるのは、こうした途切れることのない「注釈」の世界のおかげでもあります。ただ、他の多くの領域と同じように、これらを主に担ってきたのは圧倒的に男性でした。

私は別に、光源氏の目線に沿った読みが間違っているなどと主張するつもりはまったくありません。彼の立場からしたら、御息所はやはり物の怪で、怖くて執念深い、扱いにくい女ですし、黙ってついてきてくれた夕顔は、忘れがたいかわいい女であることはその通りです。

ただ、登場人物の女たちの目線に立ち、その言動に自らの体験を重ねた読み解きの可能性は認められても良いのではないか。そうした解釈が、「権威ある客観的な読み」を担ってきた人々から、「主観的だ」と切り捨てられてきた一面もあるのではないか、と言いたいだけなのですが――いかがでしょう。

などと思っていたら、こんな言葉に改めて出会いました。

女の、女による、女のための学問研究――

上野千鶴子によると、これは、社会学者の井上輝子が一九七〇年代に提唱したウィメンズ・スタディズ＝「女性学」の定義で、現代のジェンダー研究の基礎になった発想だということです。上野はこうも書いています。

男性の学者による女性論はたくさんあります。(中略) わたしたちは男が見る女が女だと思い込まされてきました。女が何者であるかは女が一番よく知っている、男に教えてもらうまでもない、女性による女性の研究があるのだ、(後略)

(『フェミニズムがひらいた道』四七-四八頁、NHK出版)

この発想は、古典文学を研究する視点としても有効なのではないでしょうか。「女性による、女性が書いた文学の研究」——。

あの頃言えなかったことを、今、声を大にして言いたい。

「源氏物語」はもともと、「女が、女の読者を想定して書いた」作品です。古典文学の研究に女性学やジェンダーの視点なんて要らない——なんて、絶対に言わせない。今の私はそう強く思っています。

第三講　ほかの生き方が許されない「玉の輿」の不幸

——「シンデレラ・コンプレックス」からの解放

■日本の古典の「白馬の王子様」願望

私は講談や落語、漫才などの寄席演芸がとても好きなのですが、実は若い頃、女性の芸人さんがちょっと苦手でした。

ただ、その理由が決して彼女たち個人にあったわけではないことに、最近になって改めて気づきました。私が苦手だったのは、女性の芸人さんたちがお約束のように使う、「彼氏が欲しい」「早く誰かのお嫁さんになりたい」＝芸人なんていつやめたって構わない、と言わんばかりの言葉や態度だったらしいのです。

人を笑わせるというのは難しくて素敵な技術です。そんな腕を持っている人たちが、せっかくの自分を貶めるかのように「異性愛」「結婚」への憧れと、現状の自分への不満ばかりを口にする。しかもそれは決まっていわゆる「玉の輿」を願うような言葉ばかり。それはおそらく彼女たちの本音ではなく、「女の芸人はそう言っておいた方が世間に受け入れられやすい」という社会通念に従った、芸能界での「生き延び方」だったんだろうな、と今では思います。

うれしいことに、最近ではそうした風潮はずいぶん廃れてきたように見えます。

あくまで私見ですが、友近さんや阿佐ヶ谷姉妹のお二人。ゆりやんレトリィバァさん、桂二葉さんなどの活躍を拝見していると、以前のステロタイプな女性芸人的振る舞いをしない人たちが近頃は増えているようで、見ていてとても愉快な気持ちになります。
女はみんな彼氏が欲しくて結婚に憧れている。いつも、問答無用で自分を新しい世界に連れて行ってくれる、白馬の王子様を探している——女性が自ら、自由や自立を妨げてしまう背景には、こうした幻想が存在する。

この「人に依存したい」「主体性を誰かに預けてしまいたい」という、潜在的にすり込まれた願望を「シンデレラ・コンプレックス」と名づけてすっきり説明してくれたのは、アメリカの作家、コレット・ダウリングでした。その著書『シンデレラ・コンプレックス』（抄訳版：木村治美訳、全訳版：柳瀬尚紀訳、いずれも三笠書房）が日本語に翻訳されたのは一九八〇年代のことでした。

当時、私は何かともやもやした学生時代を送っていました。

私は、母からことあるごとに「結婚だけが人生じゃない。手に職のある、一人でも生きていける女になれ」と言われて育ちました。

母は、中学を卒業してすぐに故郷である九州を離れ、集団就職で愛知に来て、当時景気の良かった繊維関係の工場で働き、そこで知り合った父と結婚しました。専業主婦になるのはごく自然の成り行きで、仕事を続けるという選択肢はなかったようです。

そんな母は、学校で学ぶこと、それによって結婚してもやめなくて良いような職を得られることに、とても憧れを持っていました。当時、私の生まれ育ったあたりでは、四年制の大学に行く女子はまだほんの一握りでしたが、母は私の大学進学をとても応援してくれたので、私も、母の言葉を当然と受け止めて大学生活を始めました。ところが、同じ大学で学ぶ女性の友人たちの中には、当たり前のように「就職先は良い結婚相手と出会えるところを探す」「良い人と結婚して家庭に入りたい」と言う人が少なからずいたのです。

母の影響で結婚願望がまるでなかった私は、それを知って、なぜか裏切られたような、妙に寂しい気持ちになったのでした。大学ではきっと、志を同じくする人にたくさん出会えるだろうと思っていたからです。

なぜ？　どうしてみんなそんなに結婚したいの？　せっかくこの大学で勉強できるのに。大学に来たのは、結婚相手を探すためなの？

疑問でいっぱいになっていた私にとって、ダウリングの言葉の数々は、それらの疑問を解く鍵となり、まるで啓示のように思われたのでした。

もともとの「シンデレラ」やその類話が、童話や民話であることから分かるように、このコンプレックスは、人がごくごく幼いうちから刷り込まれます。こうしたストーリーに直に接するのはもちろんですが、はじめに掲げたようなちょっと以前の女性芸人さんたちの言葉や態度も、いわばコンプレックスの「再生産」となって、人々に影響を与えてきたでしょう。

芸人さんたちの変化はうれしいことですが、それでも、まわりを見渡してみると、まだまだこのコンプレックスが日常のあちこちに生きていると感じることが少なくありません。ダウリングの著書が出版されてから四十年ほどが経っていますが、社会がこの呪縛からすっかり自由になるには、もう少し時間が必要なのでしょうか。

■シンデレラストーリー「落窪物語《おちくぼものがたり》」が後世に伝えられた理由

さて、まさに日本のシンデレラストーリーの代表と言うべき物語が「落窪物語」です。「源氏物語」に比べると、作者や成立時期に関する手がかりが格段に乏しい作品ですが、「枕草子」の「成信《なりのぶ》の中将は」の段に「落窪《おちくぼ》の少将」への言及があることから、おそらく「源氏物語」よりちょっと前に成立したとみなすのが定説になっています。

作者については残念ながら今のところ不明ですが、「源氏物語」の作者である紫式部が、この物語を読んでいないとは到底思えません。というか、両者を比べると、ある意味「表と裏」のような対応関係にあるのではないかとさえ思えるほどです。

読んでいない方のために「落窪物語」のあらすじを簡単にご紹介しましょう。

ヒロインは「落窪の君」と呼ばれる女性です。父は中納言なので、本来ならお姫様と言って良い身分なのですが、気の毒に実母が亡くなっており、継母から冷遇されています。

床が落ちくぼんだ部屋に住まわされて、継母や異母姉妹のためにたくさんの縫い物をさせられるなど、使用人か、どうかするとそれ以下の扱いを受けている彼女ですが、辛うじて二人だけ、味方がありました。実母が生きていた頃から側にいる女房のあこきと、異母弟の三郎《さぶろう》です。

あこきはなんとか落窪の君に幸せになってほしいと、自分の夫が仕えている右近少将道頼《みちより》を引き合わせます。ひどい暮らしをさせられていながらも、生来の美質を失っていない落窪の君に魅せられた少将は、継母による様々な妨害に遭いながらも彼女を自分の邸へ連れ帰ることに成功。さらには継母に次々と報復を加えて痛い目に遭わせます。

その後、少将は他の女性に心を奪われることは一度もなく、落窪の君ただ一人を伴侶として、多くの子を産み育て、太政大臣にまで出世をするのでした。めでたし、めでたし……。

正直、私はこの物語があまり好きではありません。

女主人のために奔走するあこきの活躍や、少将が画策する継母への報復など、愉快で面白い場面もあるのですが、「源氏物語」を読んでしまった身には、「落窪物語」はどうにも物足りなく思えてならないのです。

なんと言いますか、「ハッピーエンド過ぎてリアリティのない話」というのが、私の率直な感想です。初めて原文で通して読んだのは大学生の時だったかと思いますが、少将に引き取られてから後のヒロインは何の不幸も体験せず、当然何の葛藤もなく、ただただ「玉の輿って素敵」で終わってしまい、文学作品としての手応えをまるで感じませんでした。

もちろん、物語が常にリアリティを必要とするわけではないし、シンプルなハッピーエンドを喜ぶ読者も大勢いるのはよく分かっています。

この当時の物語には、題名しか伝わっていなくて中身の不明な、いわゆる「散逸」作品となってしまったものも数多くあります。「落窪物語」がそうならずに長く伝わってきたということは、おそらくこれを読んで「いいなあ」と夢見る、そして自分のものにしたいと考えて書き写す、そんな読者が大勢いたことの証しでしょう。

また現代には伝わっていない多くの物語の中にも、「落窪物語」と似たような要素、つまり、シンデレラストーリー的な作品がたくさんあったのだと思います。

■「玉の輿」のその後の現実……「蜻蛉日記」

そんな物語の状況への反発が、紫式部が自分で物語を書こうとした動機の一つだったのではないか……実は私はそう思っているのですが、紫式部より前に、そのことを言葉にした人がいます。第一講で少し触れた「蜻蛉日記」の作者です。

「かくありし時過ぎて（これまで生きてきた時間がこんなにも空しく過ぎて）」と書き出されるこの日記の作者は、実名が伝わっておらず、また、紫式部や清少納言のような召し名（女房として仕える時の呼び名）も持たないため、藤原道綱母と呼ばれます。

こうした女性の場合、たいていは○○の娘、と父の名を冠して呼ばれるのが通例なのですが、この女性は、父よりも息子の方がはるかに有名であったため、こう呼ばれます。ただし、父より息子の方が知名度が高いのは、息子自身というより、その父親、つまり彼女の夫となった人の存在によります。彼女の夫は、藤原道長の父、兼家。道綱《みちつな》は道長の異母兄で、つまり「蜻蛉日記」は、兼家の妻の一人が書いた日記なのです（以下、「道綱母」とします）。

この日記の冒頭には、物語についてこんな言及があります。

世の中に多かる古物語《ふるものがたり》のはしなどを見れば、世に多かるそらごとだにあり、人にもあらぬ身の上まで書き日記《にき》して、めづらしきさまにもありなむ、天下《てんげ》の人の品高きやと問はむためしにもせよかし、とおぼゆるも（「蜻蛉日記」）

（世間に多くある古物語の端々を見てみると、やはり世に多くあるいい加減な作り事まで物語として書かれてある、ならば人並でない身の上を日記として書いてみたら、きっと珍しく思われることだろう、この上もなく高い身分の人との結婚の真相はどんなものかと尋ねる人がいたら、その答えの一例にでもしてほしい、と思うのだが）

謙遜しているのか自慢したいのか、微妙なニュアンスの冒頭。それはともかく、どうやら道綱母は、「物語」にはない、「（玉の輿に乗った）リアルな私の体験を書く」と宣言しているようです。

道綱母が兼家と結ばれた時、彼女の両親は健在で、娘をとても大事にしていたようですから、シンデレラや落窪の君ほどの境遇の悲劇性はありませんが、父・藤原倫寧《ともやす》と夫・兼家との家柄、身分差を考えると、この結婚はじゅうぶん「玉の輿」。同じくらいの家柄の女性たちからは、さぞ羨ましがられたに違いありません。

しかし、そうして人から羨望される「玉の輿」の本当のところはどうか。「物語」でなく、「日記」＝本人の体験談として書くから、どうぞ知ってくださいな、というわけです。

実は兼家には、道綱母よりも先に結婚した女性がいました。のちに道長の母となる時姫《ときひめ》です。道綱母との結婚が成立したのは、時姫に長男・道隆《みちたか》が生まれた翌年のことでした。おそらく道綱母は、自分が正妻にはなれないのを承知で兼家を受け入れたと考えられます。

正妻ではないけど、私はこんなに愛されている――「蜻蛉日記」の上巻は、夫と思うように会えない辛さを嘆きつつも、こんな自負が行間からにじみ出る内容です。

それが中巻、下巻と進むにつれ、「自分はやはり正妻ではないから身の上が不安定で不幸だ」と思い知る嘆きが深まり、しかしやがて「まあ兼家との仲は良くも悪くもこんなものだ」との達観へと至る。とても「リアル」な手記です。

■「源氏物語」の中の「玉の輿に乗った」女君たち

玉の輿に乗った女が、幸せの自慢と不幸の恨み節を綯《な》い交《ま》ぜに書いた「蜻蛉日記」。この作品を読んでから改めて「源氏物語」を読むと、「玉の輿の幸せと不幸」が繰り返し繰り返し、いろんな形で書かれていて、主要なテーマであることに気づかされます。そして、より多くの描写が割かれ、深められていくのは、その「不幸」にともなうヒロインの内面の変化、成長です。

そもそも、光源氏の母、桐壺更衣。更衣でしかも後見となる父もいないのに、女御たちより圧倒的に愛され、皇子までもうけました。幸せな思いもあったでしょうが、結局、彼女はまわりからの嫉妬やいじめに苛《さいな》まれ、挙げ句の果てに心労で死んでしまいます。

親を失い、心細げに暮らしていた夕顔。左大臣家の長男である頭中将と結ばれて娘も生まれますが、右大臣家（頭中将の正妻の実家）の嫌がらせのために逃げ隠れて暮らすことに。そこで始まった光源氏との関係は、そのまま彼女を死に至らしめます。

身分の低い明石君《あかしのきみ》。しかし彼女は、光源氏にとって貴重な存在、たった一人の娘を産んでいる上に、実家が財産家です。そのおかげでしょう、物語後半にいくに従って、明石君は光源氏との距離を上手にとって、依存度を低めています。とはいえ、それが娘を紫の上に渡すという大きな犠牲の上に成り立った暮らしであることは、やはり「玉の輿の幸せと不幸」のひとつのバリエーションと言えます。

そして、落窪の君ともっとも境遇の似ているのが紫の上です。母と祖母の死後、継母に苛められる暮らしが予想された彼女を、光源氏は強引に自分の邸に連れ去って育て、妻にしました。後に彼女は「生けるかひありつる幸ひ人」（若菜《わかな》下巻）と言われており、まわりからは「幸運を極めた人」と羨望される日々を送りました。

でも、まわりからのそうした羨望とまるで反比例するかのように、彼女の内面の苦悩は次第に深まっていきます。光源氏が他にも大勢の女性と関わっていることを知りながら、それでも彼の側にいる以外、生きる選択肢を持たない紫の上。自分の居場所の不安定さに気づいた彼女の深い葛藤は、朝顔《あさがお》巻に端を発し、御法《みのり》巻で彼女が命を落とすまで、えんえんと深められていきます。

「玉の輿の幸せと不幸」――いいえ、はっきり言いましょう、紫式部がよりその描写に重きを置いたのは、やはり、「玉の輿の不幸」の方なのだと思います。現代のように女性が自立する手段がほとんどないだけに、このテーマは重く響きます。だからこそでしょう、宇治十帖の中君《なかのきみ》や浮《うき》舟《ふね》にも変奏曲のように受け継がれており、一貫して物語の重要な位置を占めています。

■末摘花《すえつむはな》が体験した「シンデレラストーリー」

こう書いてきて、あれ、二人忘れているんじゃない？　と思われた通の読者がいるかもしれません。そう、末摘花と花散里《はなちるさと》です。

花散里には血のつながる子どもはいませんが、葵の上の遺児、夕霧《ゆうぎり》の母代わりとなったり、夕顔の遺した娘、玉鬘の世話役となったりと、「母」「主婦」という「役割」を全面的に引き受け、かつ早々と光源氏と褥《しとね》を共にしない態度をとることで、あまり物語の表面に出てこないように性格づけされています。この人については第八講で改めて紹介することにして、この講では、シンデレラストーリーとして、末摘花の物語を考えてみることにしたいと思います。

いといたう荒れわたりて寂《さび》しき所に、さばかりの人の、古めかしうところせくかしづき据《す》ゑたりけむ名残《なごり》なく、いかに思ほし残すことなからむ。かやうの所にこそは、昔物語にもあはれなることどももありけれ
（末摘花巻）

（たいそう一面に荒れて寂しい邸に、常陸宮《ひたちのみや》さまほどのご身分の方が、古風に重々しく大切にご養育なさったのだろうに、その名残もとどめぬ今の有様とて、姫君はどんなにか物思いの限りを尽しておいでであろう。こんな所にこそ、昔の物語にも哀れを催す数々のことがあったものだ）

末摘花の邸を初めて訪れた時の光源氏の心中はこんなふうに描かれています。彼女の境遇はまさに「昔物語」そのもの、というわけです。

荒れ果てた邸とお姫様。この組み合わせはこの時代の物語の定番と言って良いでしょう。端的な例として、こんな歌もあります。

女郎花《おみなえし》うしろめたくも見ゆるかな荒れたるやどにひとり立てれば

（「古今和歌集」巻四秋歌上二三七　兼覧王《かねみのおおきみ》）

（あの女郎花、なんとも気掛かりなことだ。荒れ果てた宿に一人で立っているのだから）

女郎花が女性の喩えであることは言うまでもありません。「荒れたるやど」と「女」は物語の始まりを予感させる組み合わせなのです。

第一講でご紹介したように、光源氏にはすでに葵の上という歴とした正妻があります。左大臣の娘、しかも母は桐壺帝の妹というやんごとなき女性。この存在を考えれば、光源氏にとっての恋の相手は、左大臣家の目を逃れるような、「荒れたるやど」に住んでいるような女性が都合が良いわけです。

ちなみに、先ほどご紹介した「蜻蛉日記」冒頭の「天下《てんげ》の人の品高きやと問はむためしにもせよかし」の箇所について、私は通説とは違う解釈の可能性をずっと考えています。句点と濁点は古い写本には原則ないものですから、仮にこうしてみたらどうなるでしょう。

「天下《てんげ》の人の品高き、宿《やど》問はむためしにもせよかし」

この場合、「この上もなく高い身分の人が、（荒れ果てた）宿に住む女性のもとを問う、（そういうよくある話の）一例にでもしてほしい」との解釈が成り立つのではないでしょうか。

父も母もいた道綱母の邸が荒れ果てていたとは思えませんが、本人の心の中に、自分を「昔物語」に出てくるような、儚い身の上の女性になぞらえるような思いがあったのではないでしょうか。正妻にはなれそうもないのを承知で兼家と結婚した彼女に、そうした思いがあっても不思議はない気がするのです。

話を末摘花に戻しましょう。

彼女は性質も容貌も、光源氏の期待とはまるで異なる女性でした。歌を詠む才能も、気の利いた返答をする機知も乏しく、センスのない時代遅れの衣装を着ていて、青白く痩せて面長すぎる顔の真ん中にある鼻は、「普賢菩薩《ふげんぼさつ》の乗物」すなわち、白い象のように長く、しかも先は赤くなって垂れていたというのです。

それでも、一度関わった女性を自分からは見捨てない光源氏は、こうして出会ったのはきっと姫の亡き父・常陸宮の導きだろう、彼女を見捨てずにいられる男は自分以外にあるまいと考えて、生活の面倒を見ることにします。しかしそれからほどなく、父・桐壺帝が亡くなり、政治家として苦境に立たされた光源氏は、ついには京からいったん身を引く決断をするのですが、その折、末摘花までは思い至らず、放置してしまうことになります。

そんな彼女を、叔母が引き取ろうとします。これは決して親切からではなく、むしろ自分の家の使用人にしてやろうという魂胆でした。このあたり、「落窪物語」の継母に似たキャラクターです。ところが、極端に古風で人見知りな末摘花は、頑なに叔母の申し出を拒絶し、そのためいよいよ邸は荒廃を極めます。

二年半の謹慎生活を経て、京の中央政界に復帰した光源氏ですが、末摘花のことはすっかり忘れてしまっています。ようやく思い出したきっかけは、いよいよ荒れ放題になった邸の木立でした。草深い庭をかき分けて彼女と再会した光源氏は、以前と同様に暮らしの面倒を見るようになり、二年後には自分の邸の別邸、二条東の院に引き取ります。

■「末摘花」は、「自分は醜い」とは思っていない？

末摘花というと、どうしても、その決して美しいとは言いがたい容貌に注目が集まりがちです。

本書でも、はじめは「ルッキズム」の観点から取り上げてみようかと考えていました（ルッキズムについては、第八講をご参照ください）。ところが、原文を丁寧に読み直してみると、意外なことに、彼女自身の心情、内面として「私は外見のせいで辛い思いをしている」ようなことが描かれている箇所は、どこにも見当たらないことに気づきます。

父・常陸宮が亡くなってから、おそらく一歩も邸の外へ出たことがなく、まわりにいるのはいつも、年老いた女房たちだけ。同世代の女性と言えば、乳母子《めのとご》（末摘花の乳母の娘）の侍従《じじゅう》と、そもそも光源氏に彼女の存在を伝えた大輔命婦《たいふのみょうぶ》の二人くらいですが、この二人は末摘花邸に専属で住み込んでいる女房ではありません。他のお屋敷へのおつとめと掛け持ちしている、いわば不定期のパートタイマー、というより、どうやら末摘花に対してはボランティアに近い奉仕ではないかと思われるつとめぶりです。

そんな環境にいる末摘花。この人が、他の女性と自分とを比べて悩むという文脈は、「源氏物語」の原文にはほとんど見当たりません。光源氏の須磨流謫《すまるたく》についても、「悲しかりし折《をり》の愁《うれ》はしさは、ただわが身ひとつのためになれるとおぼえし（あの悲しかった折の嘆かわしさは、ただ自分一人のために起こったことと思われたのに）」（蓬生巻《よもぎう》）と言っていて、光源氏を取り巻く他の女性たちのことをあれこれと考えてみる視野を、彼女は持たないのです。

唯一、蓬生巻で、叔母から「光源氏さまは、今では式部卿宮《しきぶきょうのみや》のお嬢さん（紫の上）以外の方にはお心を移さないそうですよ。こんな藪原においでの人を顧みるなんてもうないでしょう」と言われて「げに（確かに）」と思っていますが、その理由が自分の外見にあるなどとは考えておらず、続けて彼女の心は「されど動くべうもあらねば（それでも動きそうにもないので）」と描写されます。

自分と人とを比べる発想がそもそもない、「ただここにいる」という考えを変えようという気がない——これが彼女が再び光源氏の保護を受けられた最大の理由、と言えるかもしれません。

もし彼女が、叔母や侍女たちの言葉に従ってこの古び荒れ果てた邸から離れていたら、光源氏と再会できる機会はなかったに違いないのですから、ここまでなら、彼女のこうした性格は、ある意味美点として描かれているようにも読めるのです。

では、引き取られてめでたしめでたしと、彼女をめぐる物語が終わっているかというと、決してそうではありません。

末摘花が二条東の院に住むようになって五年ほど経った年の暮れ、玉鬘巻で、光源氏は紫の上をはじめとする、邸に住む女性たちそれぞれに、正月用の衣装を贈ります。贈られた女性たちからはそれぞれに返礼があるのですが、末摘花からの返礼は、自分が保護されている身であることをまるで弁《わきま》えない、まるで正妻ででもあるかのような格式張ったものであったため、光源氏の機嫌をたいそう損ねてしまい、またまわりの女房たちから嘲笑されてしまいます。

わりなう古めかしう、かたはらいたきところのつきたまへるさかしらに、もてわづら

ひぬべう思す（玉鬘巻）

（やたらと古風で、人をはらはらさせるところがおありのさしでがましさに、扱いにくくて困るとお思いになっている）

もちろん、だからといって光源氏は彼女を邸から追い出したりはしないのですが、この後も末摘花は、初音《はつね》巻でも、行幸《みゆき》巻でも、ＴＰＯを弁えない独りよがりの振る舞いを繰り返し、光源氏の怒りと嘲笑を買い続けます。

末摘花巻の終わりでも、まだ少女だった紫の上との「お絵かき」遊びに、鼻の赤い女の絵を描き、さらに自分の鼻に紅を塗って戯れるなど、かなり悪趣味なやり方で末摘花を笑いものにしていた光源氏ですが、玉鬘巻では、女房たちや紫の上にまで、彼のいらだちがはっきりと伝わり、共有されているようです。それだけに、「末摘花本人だけはそれに気づかない」のが、読者としては本当に気の毒でもどかしく思われます。

■「末摘花」の内面を書き換えた後世の作家たち

学習しない、成長しない、物事を深く考えようとしないヒロイン。光源氏に救い出されたあとの末摘花は、「玉の輿の不幸」を自分で感じることすらできない愚かな人物として造型されているとみていいのではないでしょうか。ある意味、作者紫式部からは、一番冷遇されたヒロインなのではないか――そんな気さえしてきて、紫の上に感じるのとは異なる深い同情を、私は思わず感じてしまいます。
実は、このように感じた現代の物語の書き手は私だけではないようで、先達の中には、あえて末摘花の内面を書き加えた、あるいは書き換えた人が何人もあります。
例えば大和和紀は『あさきゆめみし』(講談社)において、叔母が立ち去って一人になった末摘花にこんな独白をさせています。

考えてもしかたのないことだと思ってたけど……
あきらめていたことだったけど……
どうしてもっと美しく生まれなかったんだろう
どうしてもっとかしこく生まれなかったのだろう……
美しく生まれたかったのに……!
だれからもかえりみられるほど……
かしこく生まれていたかったのに……!
こんなみっともないわたくしなんて……
もういや……!
……わたしなんて……!

(『あさきゆめみし 新装版3』三九-四〇頁)

また、田辺聖子は短編小説「見飽かぬ花の赤鼻の巻」(『春のめざめは紫の巻』収録／集英社文庫)において、末摘花を「わたくしは醜いから結婚できるとも思っていません」と冷静に言い放つ、「自分のことを、『わかりすぎてる』」、理知的で魅力的な姫として描きます(注：田辺による『新源氏物語』(新潮文庫)にはそうした改変は見られない)。

さらに橋田壽賀子は、ドラマ「源氏物語」(TBS創立四十周年記念番組)において、末摘花を花散里と合体させてさらに合理性を加えたような、頼りがいのある女性像として造型しています(『源氏物語』KKベストセラーズ)。

三人とも、末摘花を原作通りに描くのは忍びなかったのではないでしょうか。

「玉の輿の不幸」、すなわち、「シンデレラのその後」のバリエーションがこれでもかと続く「源氏物語」。ともすれば嘲笑を誘うだけの脇役の人物でありながら、現代作家の何人もが思わず手を差し伸べたくなったのは、原文が冷徹に描き出した「シンデレラ・コンプレックス」をわがこととして思索できない」女性像が、あまりにも哀れだから――私にはそんなふうに思えます。

■「玉の輿」その後の、二つの選択肢

ただ、さらに私の深読みが許されるならば、この末摘花の人物像には、紫式部が読者に突きつけた「究極の選択」があるのかもしれないとも思います。

玉鬘の巻で女君たちに衣装を贈った光源氏は、正月には彼女たちのもとを訪れ、贈った衣装がそれぞれに似合っていることを確かめて悦に入ります（初音巻）。ただし、末摘花にだけは、「やはり似合っていない」と、むしろ不似合いを確かめる意地悪なまなざしを向けた上で、その姿をあまり目の当たりにしないよう、几帳を隔てて会話をしようとします。

なかなか女はさしも思したらず、今はかくあはれに長き御心のほどを穏《おだ》しきものに、うちとけ頼みきこえたまへる御さまあはれなり（初音巻）

（かえって女のほうは特に恥ずかしいともお思いにならず、今ではこのようにおやさしくお変わりのない君のお気持ちに安心して、心からお頼り申しあげなさっているご様子があわれである）

文末の「あはれなり」に相当する現代語はなんでしょう、迷うところです。

それはともかく、末摘花は、自分が陰で光源氏やその女房たちに嘲笑されているなどとは夢にも思わず、心安らかに暮らしているようです。今さら光源氏が自分を見捨てるなどとは、想像だにしていないのでしょう。

彼女がこの「穏《おだ》しき」境地に安住していられるのは、男の心を疑わず、他の女たちと自分とを比べる視野を持たないゆえです。ある意味、強さかもしれません。

成長しない、まわりを気にしないことで、暮らしと心は穏やかでいられる末摘花。

女にとって、「玉の輿」は、相手の男の気持ちや立場次第で、自分の境遇ががらりと変わる、不安定な乗り物です。乗り心地も行く先も、自分でコントロールすることはできません。

そのことにまったく気づかず、ただただ乗り続ける末摘花。

一方、気づいてしまい、不安に怯えながら、でも自分からは下りることもできない、紫の上。

どちらがいい？　そう問われたら。

選択肢がこの二つしかない女の不自由さこそが、紫式部の一番伝えたかったことなのかもしれません。

第四講　「サーガ」としての「源氏物語」

――光源氏に課せられた「宿命」と「ルール」

■光源氏はなぜ、こんなに恋をするのか

この講では、「源氏物語」という物語全体を見渡しながら考察してみたいと思います。

というのは、私は「源氏物語」や紫式部についてお話しする機会をいただくことが多いのですが、そんな時にご参加の皆さんから出される熱意ある質問の中には、ひと言でお答えするのが難しいものがちょくちょくあります。

そんな質問のひとつが、「なぜ光源氏はこんなに多くの女性と恋をするのですか?」です。

以前は、「男なら、多くの女性と恋をしたいと思うのは当然だ」と堂々と言う人もいましたが、近頃ではそうした考え方を一般的だと考える人はだんだん減っているようで、そのせいか、こういった質問を受ける機会が増えているような気がします。

質問する皆さんにその理由を聞いてみると「なぜこんなに手当たり次第に女性と恋愛関係に陥ってしまうのか、どうしても共感できなくて」「主人公の試練とか成長とか、目指すべき達成とか、小説ならそういうものがあるべきだと思うのに、若い光源氏の生き方からはそれが感じられなくて感情移入できず、須磨のあたりで投げ出してしまった」――私に寄せられたご意見をまとめると、こんな感じでしょうか。

分かります。私自身も、疑問に思っていた時期もありましたから。

しかし、最近では、そういう方には「実は彼には宿命《しゅくめい》があるんですよ。彼に課されたルールを知った上で読み直してみませんか？」とお伝えするようにしています。

どうやら「源氏物語」を読んでみたいと思うような方々には、小説とは主人公が成長する物語だと考えている人が多いようです。

こうした、「主人公の成長」をテーマにした物語を指す言葉に「ビルドゥングスロマン」があります。教養小説と訳されることが多く、もともとはドイツで用いられるようになった概念（登張正実『ドイツ教養小説の成立』弘文堂）ですが、この言葉を知らなくても、なんとなく小説って本来そういうもの、と感じている人も多いのではないでしょうか。

一方で、人気のゲームなどで見かける言葉に「サーガ」があります。こちらはもともと中世の北欧で生まれた叙事詩を指すのですが、フィクションの世界では一族や一門などの物語を壮大に描く長編を呼ぶ言葉としても用いられるようになっています（手前味噌な話で恐縮ですが、私は以前編集者から、拙作の『葵の残葉』『流転の中将』『葵のしずく』について、「高須松平家の話は奥山さんのサーガになったね」という言い方をされたことがあります）。

実は「源氏物語」にも、こうした「ビルドゥングスロマン」あるいは「サーガ」としての骨格は存在しており、研究者の間では「王権論」という言葉で議論されています。ただそれは、現代の読者の価値観からすると理解しづらい、受け入れにくいものになっているのかもしれません。

小説を書く上で、編集者からよく忠告されることなのですが、「主人公はなぜここでこんな行動を取るのか」が分かりにくい作品は、読者が離れていってしまいます。主人公がとても危険なことや困難な決断をしたとき、「なぜそうしたのか」が不明だと、読者は続きを読もうという気になれません。主人公の行動原理＝ルールをどう提示するかが大切だというわけです。

主に歴史小説、時代小説を書いている私にとって、これはいつも課題です。背景となる時代が変われば、人の価値観や倫理観が当然違います。それを自分でも理解し、また読者にも理解していただいた上で、人物に共感してもらえるよう世界を作るのは、なかなか難しいことです。

まして、「源氏物語」は千年以上前に書かれた古い作品なので、現代の私たちから見ると、そのルールに分かりにくい点があるのは否定できません。

実は藤裏葉《ふじのうらば》巻あたりまで読み終えてみると、彼が背負ってきた「ルール」や「宿命」のようなものが次第に明確になってきて、「そうだったのか」と腑に落ちるのですが、そこまで我慢する読書というのも辛いですよね。そこで今回は、読み進めるのがちょっと辛くなってきて、先へたどり着けそうにもないという方に、そのルールや宿命を先取りしてお伝えしようと思います。

■光源氏の恋愛に強い影響を与えたもの

「源氏物語」を少しでも読んだことがある人なら、彼の恋愛に「幼くして母を失った」ことが色濃く影を落としていることはすぐに気づくと思います。ただ、彼が幼くして失ったものは母だけではありません。「皇族」という身分も失った。実はこれがとても大きなことなのです。

彼はもともと、第二皇子として生まれました。現代と違い、必ずしも第一皇子が皇太子になると決まっていたわけではない平安時代ならば、事と次第によっては、天皇の位に即く可能性もゼロではありません。実際、彼の母方の祖母は、そうした望みを抱いていたらしく、結局第一皇子が皇太子と決まり、孫にかけた望みが実現しそうもないと分かった段階で「慰む方なく思ししづみて（慰める術もないほど落胆して）」、娘の後を追うように亡くなってしまいます。

母、帝位への可能性、祖母。幼くして自分から失われたもの、奪われたもの――これらは主人公にとって大きな宿命になり、ルールの基本になりそうなアイテムです。なので、ここでそもそも、なぜ光源氏からこれらのものが失われたのかを、その発端と言うべき母更衣の死の場面から、探ってみましょう。

その年の夏、御息所《みやすどころ》、はかなき心地にわづらひて、まかでなむとしたまふを、暇《いとま》さらに許させたまはず。年ごろ、常の篤《あつ》しさになりたまへれば、御目馴《おめな》れて、「なほしばしこころみよ」とのみのたまはするに、日々に重《おも》りたまひて、ただ五六日のほどにいと弱うなれば、母君泣く泣く奏して、まかでさせたてまつりたまふ。かかる折《をり》にも、あるまじき恥《はぢ》もこそと心づかひして、皇子《みこ》をば留めたてまつりて、忍びてぞ出でたまふ

（桐壺巻）

（その年の夏、御息所は、ふとした病に罹り、実家に退出なさろうとするが、帝はまったくお

暇をお許しにならない。ここ幾年かの間、ご病気がちなのが常でいらっしゃったので、帝はいつもごらんになっておられて、「もうしばらく様子を見よ」とばかり仰せになるうちに、日に日に重くおなりになって、わずか五、六日の間にひどく衰弱してくるので、更衣の母君が泣く泣く帝にお願い申して、お下らせになる。こうした折にも、あるべからざる不面目を招いてはいけないと用心して、若宮は宮中にお残し申して、ひっそりとご退出になる）

当時、宮中で亡くなることは重大な禁忌、タブーとされていました。天皇が神とされていた時代、宮中は神聖な場所ですから、そこに「死の穢れをもたらす」のは許されなかったのです。更衣の母が「あるべからざる不面目を招いてはいけないと用心して」と気を遣ったとあるのは、その重大さを意識してのことで、母の目から見て、いかに娘が重篤であったかが分かります。

この日の夜半、ようやくたどり着いた実家で、更衣は息絶えてしまいます。もともと病気がちだったということですが、その原因をさらに辿ると、桐壺巻の冒頭にすでにこんなふうに提示されていました。

朝夕《あさゆふ》の宮仕へにつけても、人の心をのみ動かし、恨みを負ふ積もりにやありけむ、いと篤《あつ》しくなりゆき（桐壺巻）

（朝夕の宮仕えにつけても、そうした人々の心を乱すばかりで、恨みを受けることが積もり重

なったせいだろうか、まったく病がちの身となり）

帝の愛情を独り占めにしたせいで押し寄せた、後宮の人々からの嫉妬。その心労が、彼女の病の原因でした。一夫一婦制に馴れた現代の私たちの目からは、こうした帝の一途な愛情はむしろ好もしく見えて、二人を応援したくなってしまうのですが、実はこの時代に理想とされた帝のありようではないのです。

■思慮が足りなかった？　桐壺帝の桐壺更衣への愛情

たとえば、「栄花物語」で「今の上《うへ》の御心ばへあらまほしく（今の帝のご性格は理想的で）」と称えられた村上《むらかみ》天皇には、大勢の「女御《にょうご》、御息所《みやすどころ》」がいました。この帝は彼女たちを「なだらかに掟《おき》てさせたまへれば（えこひいきなく穏やかに扱っていたので）」、そのおかげで後宮の雰囲気が良かった。そうした「帝の御心」が「めでたけれ」、ご立派であったと賞賛されています。

一方、桐壺巻での帝の態度は、上達部《かんだちめ》や殿上人から目を背けられ、世の乱れにつながりそうだと批判されてもいましたが、加えて、更衣の命をも縮めたとも考えられるでしょう。いくらか冷静に見れば、愛するあまりとは言いながら、思慮が足りなかったのでは、という気がしないでもありません。

実は、実在する天皇で、桐壺帝とよく似たことをしてしまった人がいます。紫式部が十代の頃に即位した花山《かざん》天皇。村上天皇の孫に当たる人です。

永観二（九八四）年、十七歳で即位した花山天皇の後宮には女御が次々と入りましたが、中でも天皇の心をとらえたのは藤原為光《ためみつ》の娘、忯子《しし／よしこ》でした。『栄花物語』によれば「いとあまりさましき（人目も憚られるほどの）」寵愛ぶりに、他の女御たちの反感を買っていたとあります。ほどなく忯子が懐妊すると、通例なら妊娠三ヶ月で実家へ下がるべきなのを、五ヶ月まで認めずに引き留めていました。その後、妊娠七ヶ月の忯子が体調が悪いと聞くと、会いたい気持ちを募らせて、無理矢理また宮中へ来させてしまいます。心配した父の為光が、滞在三日ほどで忯子を退出させようとするのを、天皇はさらに引き留めて、七日も過ぎてからようやく許したのですが、その無理がたたったのでしょう、忯子はほどなく、身重のまま亡くなってしまいました。

悲嘆にくれる天皇。それを政治的に利用した人がいます。藤原道長の父、兼家です。

花山天皇とは血縁関係が薄かった兼家は、自分の孫である皇太子（のちの一条天皇）が一日も早く即位することを願っていました。そこで、息子の道兼《みちかね》（道長の兄）を使って傷心の花山天皇を唆《そそのか》し、出家させてしまいます。

このことで、紫式部は思わぬ打撃を受けました。というのは、彼女の父、為時は、長い下積みを経て、花山天皇の側近である蔵人《くろうど》に取り立てられたばかりだったのです。ようやく開けたかに見えた出世の途《みち》だったのですが、御代替わりによって為時は失職。以後十年ほど、これといった地位を得られぬまま過ごすことになりました。

一人の女性を帝が寵愛し過ぎたゆえの悲劇。紫式部の心にも残ったことでしょう。そんな彼女が世に送り出した主人公、光源氏は言わば、父帝の失敗を宿命として負い、人生をスタートさせたわけです。

光源氏は、多くの女性と出会い、恋をし、しかも、少しでも縁があった人なら自分からは決して見捨てることのできない性格の男性として描かれます。会ってみたらその風情のなさに失望させられてしまった、末摘花のような女性に対しても、「こういう女性を長くお世話できるのは自分ぐらいだろう」と考えて関係を続ける。言ってみれば、それが彼の恋愛の「ルール」なのです。

これはまるで父の失敗の償いをしているように見える、と言ったら、言い過ぎでしょうか？

■壮大な「理想の城」を築く……栄華を極めた光源氏

須磨、明石での流謫生活を経て、京の中央政界へ復帰した光源氏は、政治家としての活動と並行して、それまで関係のあった女性たちを自分の邸へ集め、住まわせるようになります。そうして出来上がるのが六条院という壮大な邸です。

地位のある男性が多くの女性と関係を持つことに寛容だった時代とはいえ、光源氏が貴族男性であることを考えれば、これはかなり珍しい形です。

たとえば道長には、正妻の倫子《りんし／みちこ》（源雅信《まさのぶ》の長女）の他に、明子《めいし／あきらけいこ》（源高明《たかあきら》の次女）という妻がありました。倫子は鷹司殿《たかつかさどの》と呼ばれて世の人々から敬われました（後に紫式部の女主人となる彰子はこの人の娘です）が、明子の方も高松殿《たかまつどの》と称されて存在を広く認められていました。ただ、この呼称からも分かるとおり、二人はあくまでずっと別々の邸に住んでおり、それは道長がどこまで栄華を極めても変わりませんでした。

また、道長の父である兼家には正妻の時姫の他に、「蜻蛉日記」の作者として知られる道綱母がいたことは前の講でお話ししましたが、「蜻蛉日記」を読む限り、複数の妻が近くに住むのは、やはり不都合の多いことと考えられていたようで、いっしょに住むどころか、時姫のいる邸から遠いところへ引っ越しをさせられたことなどが記されています。

自分の居住する邸に、多くの女性たちを住まわせる――通常、この居住形態が無理なくあり得るのは、天皇と皇太子だけです。

光源氏の六条院は四つの御殿からなり、春の御殿は紫の上、夏の御殿は花散里、秋の御殿は秋好中宮《あきこのむちゅうぐう》（六条御息所の娘）、冬の御殿は明石君の住まいとされます。また、光源氏がもともと住んでいた二条院には別院（東院）が作られて、そこには、わびしい暮らしに沈んでいた空蝉《うつせみ》や末摘花が引き取られて住んでいます。

上級貴族の標準とされる邸の四倍もの面積をほこる邸＋αを造営して、それぞれの御殿に女たちが配置される。これはまるで、内裏の後宮のようです。帝のような暮らしをするようになったんだな、と思って読んでいくと、藤裏葉巻ではこんなことが起きます。

その秋、太上天皇《だいじやうてんわう》に准《なず》らふ御位得たまうて、御封《みふ》加はり、年官年爵《つかさかうぶり》など皆添ひたまふ。かからでも、世の御心に叶はぬことなけれど、なほめづらしかりける昔の例を改めて、院司《ゐんじ》どもなどなり、さまことにいつくしうなり添ひたまへば、内裏《うち》に参りたまふべきこと、難《かた》かるべきをぞ、かつは思しける

（藤裏葉巻）

（この年の秋、光源氏は太上天皇に准ずる御位を得られて、御封も増し、年官、年爵などがみな加えられなさる。こうしたことがなくても、この世のことでお望みどおりにならぬことはないけれど、それでもやはりめったになかった昔の例のままに、院司なども任命され、格段に重々しく威厳が加わられたので、これでは宮中へ参内なさることも意のままにはならなくなるだろうと、一方では残念にお思いになるのだった）

もうすぐ四十歳になる光源氏。当時、四十歳になれば長寿として祝われる習慣でした。今で言う還暦くらいの感覚でしょうか。

その秋のこと、光源氏を太上天皇、つまり上皇に准じた待遇にすると、朝廷から発表があり、御封《みふ》（朝廷から与えられる徴税の権利）、年官《つかさ》、年爵《こうぶり》（人事を推薦する権利）などが加増され、さらに院司《いんじ》（上皇の御所に必要な諸事にあたる事務職員の組織）が編成されたというのです。

これはとても大きな身の上の変化で、皇族に戻されたわけではないけれども、もはや臣下ではないということを意味します。むろん、こんな例は「源氏物語」以前の史実にはありません。あ

くまで「源氏物語」における架空の栄華の姿です（「源氏物語」成立より後にこれに近い実例が生じたことはあります）。

天皇にはなれなかったけれど、限りなく、「元天皇」に近い存在になった。自分の本来あるべき「城」を築き上げたと言えるでしょう。幼い時に奪われたものと、まったく同じではないけれど、ごくごく近いものを手に入れたのです。そんな光源氏の側には、（亡くなった母によく似ているという）初恋の人、藤壺宮によく似た女性、紫の上が寄り添っています。こちらもまさに、求めていた人と限りなく近い人、というわけです。

幼い光源氏に、多くのものを失わせた父帝の失敗。その償いをするように、多くの女性の暮らしを助けながら生きるというルールを守って、たどり着いたゴール。これが光源氏が築いた六条院の世界なのです。

これは、桐壺巻で光源氏がまだ臣下に下る前に、人相見の予言として与えられた謎めいた言葉と、ぴったり一致しています。

国の親となりて、帝王の上《かみ》なき位《くらゐ》に昇るべき相《さう》おはします人の、そなたにて見れば、乱れ憂ふることやあらむ。朝廷《おほやけ》の重鎮《かため》となりて、天《あめ》の下《した》を輔《たす》くる方《かた》にて見れば、またその相違《さうたが》ふべし

（桐壺巻）

（国の親となって、帝王という最上の位に昇るはずの相のおありになる方ですが、そういう方

として見ると、世が乱れ人に苦しみをもたらすかもしれません。では朝廷の重鎮となって、天下の政を補佐する方として判断すると、またその相が合わないようです）

天皇でもなく、摂政や関白でもない。では、光源氏がたどり着くのはどこだろう？　その答えは「太上天皇に准《なず》らふ御位」だったということです。

もしこれがゲームだったら、ちょっと不思議な勝利だけど、勝ちは勝ちに見えますし、もうここで「終了」としたいところでしょう。しかし、「源氏物語」はここで終わりません。

■光源氏の勝利、その後……城の崩壊

現代の読者の間では、桐壺巻から藤裏葉巻までを第一部、次の若菜巻から雲隠《くもがくれ》巻（巻名のみで本文のない巻。光源氏の死を暗示する巻と言われる）までを第二部とする見方が一般的です。紫式部がそう名付けたわけではありませんが、内容からそう考えられています。

この第二部で描かれるのは、いわば、六条院という光源氏が築き上げた世界、城の崩壊です。

この崩壊を引き起こすのは女三宮という新たなヒロイン。

この人の父は光源氏の異母兄で、父帝の次に天皇の位に即いた朱雀院《すざくいん》という人です。第一皇子であり、しかも祖父は右大臣でしたから、物語のはじめから、皇太子になるのがこの人であることは世の人々には当然のこと。ただ、父帝が光源氏の母、更衣を異常に寵愛し、待遇したことか

ら、「もしかしたら第二皇子が皇太子になるかも」と多くの人に疑いを、また光源氏の祖母には余計な（とここではあえて言いましょう）望みを与えたのでした。

そうした、ある意味、光源氏にとってはどうしても乗り越えようのなかった人、また、光源氏が若い頃には「敵」としての側面も持っていた人の娘が妻として六条院に入ってくる。しかもそれを彼が受け入れた最大の理由は、彼女が紫の上と同じく、藤壺宮の姪だからなのです。すでに手に入れている、「（亡くなった母によく似ているという）初恋の人、藤壺宮によく似た女性」。それをもうひとつ加える。これが、彼の世界を崩壊させることになります。

光源氏は自分が期待したような美質を女三宮に見いだせず、失望を抱く。一方の紫の上は大きな喪失感に苛まれてついには病に倒れ、六条院を出て旧居である二条院へ移り、やがて亡くなる。その隙を突くように、女三宮は若い貴公子に犯され、その男の子を妊娠し出産、その後は出家の途を選んで、やはり光源氏の妻の座から去ってしまいます。

こうして六条院の世界はもろくも崩れ去るのです。

光源氏の宿命とルールから見ると、まるで「やっとのことで同等に近くなったと思っていた兄」から渡されたのが、実は、大切な自分の城を破壊する大きな時限爆弾だったとでも言えるでしょうか。女三宮とはそんな存在なのです。

父の失敗を償う光源氏のルールは、女性たちをそれぞれの条件に合うように扱って幸せにすることでした。幸い、第一部の間は、葵の上が亡くなって以降、条件的に紫の上を凌駕してしまいそうな女性たちは自ら身を引いていきましたから、紫の上を最上級に置いても、そのルールに反しない状態が続いてきました。

しかし、内親王である女三宮は、紫の上より優先されなければなりません。ここで浮かび上がってきたのは、光源氏が、一番愛している女性と、世間的に尊重すべき女性が一致しない、つまり、どうしてもルール違反をしないではいられない状態に陥ってしまったということ。「天皇」的な理想のふるまいと、一人の男としての気持ちが矛盾してしまい、それは紫の上のことも、女三宮のことも不幸にしてしまいます。しかも不幸にしてしまってはじめて、紫の上が自分にとって、「母や藤壺宮によく似た女性」なのではなくて、「今、真に第一の女性」だと気づくのです。

■実在の天皇たちが巻き込まれた宿命

自分に課された宿命やルール。しかし、それに沿って生き切ることは実はとても難しく、時に多くの人を不幸に巻き込むことさえある。

亡くなった忯子への思いを募らせて出家してしまった花山天皇について、紫式部は自分の父、家のためにまずは恨めしく思いつつも、一人の男性の心情としては、どこか同情を寄せ、共感しうるところがあったのかもしれません。大勢の女性を「なだらかに」もてなして賞賛されるのと、まわりから批判され、自ら不幸になってでも一人の女性への愛情を貫くのと、どちらが果たして幸せな天皇であり、男性なのか。それは本人にしか分からないことでしょう。

ちなみに、「栄花物語」で理想的な後宮を築いたとされる村上天皇にも、後には、作者（正編の作者は赤染衛門《あかぞめえもん》という説が有力です）から「男の御心こそなほ憂《う》きものはあれ（男のお心というものはやはり辛いものだ）」と批判されてしまう女性関係が生じました。お相手は藤原登子《とうし／なりこ》。道長の叔母にあたる女性です。

村上天皇の后、安子は登子の同母姉にあたります。姉のもとを訪れた登子に一目惚れした天皇は、安子に頼み込んで時々彼女を自分の側に呼び寄せます（天皇の望みを聞き入れた安子の心情は想像もつきません）。

しかもその時、登子は村上天皇には異母兄にあたる、重明《しげあきら》親王の妻だったのです。兄の妻で、そして自分の后の妹でもある女への恋情。さすがに憚られたのか、いったんは途絶えたのですが、やがて重明親王と安子が亡くなると、天皇は登子を宮中へ出仕させ、堂々と寵愛するようになります。

これはやはり世の人から反感を買ったようです。「栄花物語」は、当時左大臣であった藤原実《さね》頼《より》（道長の祖父の兄）の言葉として「あはれ、世の例《ためし》にしたてまつりつる君の御心の、世の末《すゑ》によしなきことの出で来て、人のそしられの負ひたまふこと（ああ、聖帝の例として世にたたえ申しあげていた君の御心が、世の末になって理不尽な有様となって、人のそしりをお受けあそばすとは）」との批判を書いています。また登子自身も後日、村上天皇がいよいよ崩御という時には、これで自分は世間の笑い者になるだろうと嘆いたと言います。一人の女性への恋情のせいで、それまでの高評価を台無しにしてしまった天皇だったというわけです。

■紫式部が光源氏に与えたルール

一夫一婦制を当然とする現代の読者には、こうした平安時代の人間模様、とりわけ天皇を中心とした女性関係は共感しづらい点も多いでしょう。でも、男女の関係のあり方は、実は多様なものです。今の世の中を見ていても、一夫一婦制ならば人が必ず幸せになれるとは、誰にも言い切れないのではないでしょうか。

それはともかく、光源氏の行動原理、ルールを形作るものとして、当時の天皇制や後宮の姿を反映した、「主人公の宿命」があることを念頭に置いておくと、「なぜこんなに多くの女性たちと恋をするのか」への疑問で読書が中断してしまう、という事態はいくらか避けられると思います。

確かに、須磨巻や明石巻までだと、単なる恋物語の短編がいくつも並んでいるだけのように見えてしまうかもしれません。でもたとえば明石一族との出会いは、今のゲーム風に言えば「強い味方を得て成長した」「京へ帰るためのアイテムが増えた」ようなものでもあるのです。

ヒロインたちに感情移入するのみで読むと、どうしても光源氏の行動がただただ理解できず、不愉快になってしまうかもしれません。でも、侮っていた女三宮を若い男に寝取られたり、ずっと年下の紫の上に先立たれたりと、光源氏の晩年は悲哀に満ちたものです。

女性たちを傷つけた傲慢さや身勝手さには、それ相応の「報い」がやってくる。彼が背負った宿命、ルールが、実は決して成立しない、勝ちようのない、いわゆる「無理ゲー」であったのかもしれないとさえ思えてくる、それが第二部です。

「源氏物語」が長らく読み継がれてきた理由は、「多くの女にとって愉快でない、不自由な世界が、どのように出来ているのか」まで見据えた、緻密で壮大な物語として作られている、ある意味、「世界の悲劇の真実」を読者に突きつける力にある。そんな見方さえ可能な気がします。

光源氏の背負った宿命とルールによる、大きな世界の構築と崩壊の物語。それが長編としての「源氏物語」の魅力だと考えて、どうか諦めずに読み進めていただけたらと思います。

第五講 「境界上」にいる、破格な姫君・朧月夜《おぼろづきよ》

――「マージナル・レディ」の生き方

■「似るものがない」ほど破格な、朧月夜の登場場面

「源氏物語」を研究対象のひとつにしていましたとお話しすると、必ずといって良いほどいただく質問が「女性の登場人物では誰が好きですか？」ですが、これはなかなか、お答えに迷います。

「源氏物語」にはじめて出会った十代の頃は、やはり紫の上に感情移入して、幸せになってほしいと願いながら読み、光源氏との間に娘をもうけてしまう明石君や、あとから降嫁してきたくせに他の男と密通してしまう女三宮が、とても憎らしく思えたものでした。

二十歳をすぎてからは、六条御息所にずいぶん心惹かれました。プライドの高さや思い詰める性格などのちょっと「怖い」「痛い」風情が、ダークヒロインとして魅力的に映っていた気がします。

他にも、「我が身の程」を悲しいほど顧みてしまう空蝉の思考回路も哀れで興味深いですし、宇治十帖の大君《おおいきみ》の頑なな感じも好きですし――などなど、言ってみればどの人物もとりどりに取り上げどころのある女性たちなのですが、近頃は、強いて挙げるならば朧月夜と思うようになりました。

光源氏と朧月夜との出会いは花宴巻《はなのえん》。光源氏が二十歳の春のことです。

時は二月の二十日過ぎ。旧暦ですから、桜の盛りの頃です。宮中では、桜を愛でる宴が開かれ

ることになりました。この桜は、宮中の紫宸殿（内裏の正殿。即位や節会などの公式行事が行われる殿舎）の前に植えられているものです。

雛人形を飾る時に、桜と橘をどう配置するのか、迷った経験がおありの方も多いでしょう。「左近の桜、右近の橘」と言い習わされていますが、この左右は、紫宸殿側から庭を見た時の左右なので、ちょっと注意が必要です。

さて、花宴で人々が愛でるのが、この左近の桜です。まずは漢詩を作り、それから舞楽も催されて、やがて酒杯も重なり、宴は深夜に及びます。

ようやく散会となり、人気のなくなった内裏を、光源氏は醒めやらぬ酔いにまかせてそぞろ歩きます。心中密かに、藤壺のいる御殿に忍び入る隙でもなかろうかとの下心がありますが、一年前に皇子（実は光源氏との密通により生まれた男子）を産み、身を慎む気持ちを強くしている彼女の御殿は、どこもきっちりと戸締まりがされて、光源氏を寄せ付けまいとする強い意志を見せつけるかのようです。

気持ちを持て余した光源氏。その目は、反対側にある弘徽殿に向かいます。女主人である女御は桐壺帝のもとへ参上しているようで（この日一日、弘徽殿女御は中宮である藤壺より下座に着いていましたから、桐壺帝はきっと気を遣って、夜は彼女を側に召したのでしょう）、あたりは人少なです。

深夜に輝く春の月明かりに目を凝らすと、開いている戸があり、光源氏はつい中へ忍び込んでしまいます。人はみな寝静まっているようですが——。

いと若うをかしげなる声の、なべての人とは聞こえぬ、「朧《おぼろ》月夜に似るものぞなき」とうち誦《ず》じて、こなたざまには来るものか　（花宴巻）

（ごく若いかわいらしい声で、しかも並の身分ではなさそうな女が、「朧月夜に似るものぞなき」と口ずさみながら、こちらに近づいてくるではないか！）

この登場の仕方は、とても破格（！）です。
なぜって、身分ある女が「立って」、「歩いて」、しかも「声を出して」いる！　からです。

■ハプニングの予感……女性の正体は

この時代の作品を読み慣れている方はご存じだと思いますが、この三つ、どれ一つ取っても、物語では女性の動作として描写されることが珍しいもの。その分、この動作を女性がしていると書かれる時は、「何かが起きる」、大きなハプニングの前触れなのです。
花宴以外の巻で例を挙げれば、若菜上巻の女三宮。猫のせいで簾が上がり、屋内が丸見えになってしまうのですが、この時、女三宮は「立って」いました。おそらく庭で蹴鞠に興じる貴公子たちを見物していたのでしょうが、そんな場面で「立って」いるというのは、当時の価値観に照らせば、女性として不用意で隙だらけと言えます。この先騒動に巻き込まれるような女性であることが暗示されているわけです。

また、「国宝　源氏物語絵巻」（五島美術館所蔵）にも描かれていることで知られる、夕霧巻の雲居雁《くもいのかり》。夫である夕霧が読んでいる手紙を、嫉妬の余り背後から奪い取ってしまいます。実は、原文には「いとよく見つけたまうて、這ひ寄りて（素早くお見つけになって、忍び寄って）」とあるのみで、はっきり「立って」いたとは書かれていないのですが、この頃の雲居雁が子育てに追われて忙しく、自分の身のまわりに気を遣う余裕がない様子なども描かれていることもあり、絵巻の作成者は「立って」「歩いて」忍び寄ってくる姿を構想したのでしょう。この手紙の一件は、のちのち夕霧を窮地に陥れ、さらに、とある年配女性を失意のうちに死なせる遠因にもなる、強烈なハプニングです。

そして、「声」。当時、身分の高い女性たちは、よほど親しい人以外には肉声を聞かせることがありません。たとえば朝顔巻の姫君は、古い付き合いで、いとこ同士でもある光源氏に対してでも、女房に取り次がせる形でしか応答せず、自らの声は決して聞かせません。また、御法巻で紫の上が亡くなった時、夕霧は、生前、一度も彼女の声を聞く機会がなかったと嘆いています。

こんな、「源氏物語」における女性の動作の表現と照らし合わせると、朧月夜の登場がいかに破格、すなわち女性「らしくない」ものか、感じていただけるのではないでしょうか。

しかも、彼女が口ずさんでいる歌句はもともと「照りもせず曇りも果てぬ　春の夜《よ》の朧月夜《おぼろづくよ》にしくものぞなき（晴れるのでも曇るのでもない、春の夜の朧ろな月夜に優るものはない）」という大江千里《おおえのちさと》の歌（「新古今和歌集」巻一春歌上五五）の一部分を改変したもの。

この歌は「句題和歌」と呼ばれ、漢詩の一部を題（テーマ）にして詠まれています（もとになった句は白居易《はくきょい》の「不明不闇朧朧月（明《めい》ならず　闇《あん》ならず　朧朧《ろうろう》たる月《つき》）」（「白氏文集」巻十四、七六五「嘉陵夜有懐二首」）。「しく」を「似る」と言い換えたのは、「しく」が漢文訓読調の言葉だからでしょうが、裏返せば、朧月夜の姿は「立つ」「歩く」「口ずさむ」に「漢詩」由来の歌句まで加わって、いくつもの女性「らしくない」要素で彩られているわけです。

さて、思わぬ女との遭遇にいっそう大胆になった光源氏は、彼女を我が手に抱き取って明け方まで過ごし、男女の仲になってしまいます。

帚木巻で、やはり思いがけず光源氏と一夜の関係を持ってしまった空蝉は、その後は手厳しく彼を拒絶しましたが、朧月夜はそうではありませんでした。別れ際、彼女の正体を知ろうとする光源氏に向かって、朧月夜はこんな歌を詠み与えています。

うき身世にやがて消えなば尋ねても草の原をば問はじとや思ふ　（花宴巻）

（不幸な私がこのままこの世から消えてしまったら、あなたは草の原を分けてでも尋ねようとはなさらないのでしょうか。名乗らなければ探さないとでも？）

草葉の陰という言葉があることからも分かるとおり、「草の原」は墓地をイメージさせる歌句でもあります。若い女性「らしくない」、凄みのある、挑発的な歌。しかも、男から歌を贈られる前に、自分から歌を詠み与えるというのも、当時の女性の態度、振る舞いとしては、やはり「らしくない」ものです。こんな「らしくない」こと尽くしの女はいったい誰か。

やがて明かされた正体は、「右大臣の六の君」、つまり、弘徽殿女御の末の妹でした。桐壺更衣の息子で、左大臣家の婿である光源氏から見れば、紛れもない政敵の娘。しかも、右大臣は、彼女を春宮《とうぐう》の後宮に入れる心づもりだと言いますから、これは穏やかではありません（弘徽殿に忍び込んだ段階で、光源氏の振る舞いはもうまったく穏やかではないのですけれども）。

■「神の妻」になる人は処女であるべき

結婚までは処女で――今の若い世代の方には驚き呆れられるかもしれませんが、四十年くらい前までは、そんなことを真顔で言う人がまだ少しはいたように思います。

歴史や古典に興味のない人には、そんな価値観が古代からの日本の伝統であったかのように誤解されているかもしれませんが、それは違います。少なくとも私の知る限り、平安時代の女性たちの言動からは、そうした意識は感じられません。

ただし、例外が二つだけ、いや、一つ、と言うべきでしょうか、ありました。それは、天皇と春宮（皇太子）の妃と、神に仕える斎王――斎宮（伊勢神宮）と斎院（賀茂神社）――です。天皇が神聖視されていた時代なので、まとめた言い方をしてしまうと、「神の妻」になる人だけは、処女であるべきと考えられていたわけです。

右大臣から見て、春宮は孫で六の君は娘なので、二人は甥と叔母の間柄になります。現代の感覚では奇異に感じるかも知れませんが、紫式部の生きていた時代の天皇の後宮ではこうした例は少なくありません。むしろ天皇家の外戚としての立場を確立したい家にとっては、理想的な形のひとつと言えます。

ところが、そんな父の思いをよそに、朧月夜こと六の君は光源氏と男女の仲になってしまいました。しかもその関係は一度では終わらず、次第に右大臣や弘徽殿女御の知るところとなったため、春宮の女御として後宮入りすることはありませんでした。

そうした中、光源氏の正妻、左大臣家の姫である葵の上が亡くなります（葵巻）。その後、右大臣は、「もし光源氏が六の君を正妻にしたいと申し出てきたら許しても良い」との意向を漏らしていましたが、我が手で育ててきた紫の上とついに新枕を交わしたばかりの光源氏は、その気にならなかったようです。

では、彼女はそれからどうしたのでしょう？

六の君を春宮にとの考えを諦めきれなかった父と姉は、彼女を女官として宮仕えに出します。まずは御匣殿《みくしげどの》（帝の装束を調える役所の長官）になり、その後尚侍《ないしのかみ》の地位に就いた六の君は、春宮からの寵愛も得ますが、一方で光源氏との仲も完全に絶えたわけではなく、人目を忍んで密会

したりします。

■尚侍という役職の「曖昧さ」

春宮と光源氏を二股かけるなんて、なんと大胆な！　と思いますが、ここで、尚侍という地位について少し掘り下げてみましょう。

尚侍は内侍所《ないしどころ》の長官で、天皇への文書の取り次ぎや天皇の命令の伝達を主な仕事とする他、宮廷内の儀礼にも深く関わったと言われます。

ただ、仕事柄、天皇の側近くに控える機会が多かったからでしょう、この地位に就いた女官が天皇の寵愛を受け、後宮の女御たちに近い扱いをされた例も見受けられます。古くは薬子《くすこ》の変で知られる藤原薬子（?～八一〇）が有名ですが、『源氏物語』に近い時代の例としては、第四講で触れた村上天皇の寵愛を受けた藤原登子（?～九七五）などがあります。

こうした例から、尚侍には「何らかの事情があって正式な女御としては扱われないが、天皇から は寵愛されている」女性が交じっていると、当時の貴族社会では認識されていたと考えられます。

では、「何らかの事情」とは何でしょう。手っ取り早く言ってしまえば、それはたいていの場合、天皇や春宮に寵愛される以前に処女ではなくなっていた、つまり、他の男性との関係を示唆するようです。藤原薬子は藤原縄主《ただぬし》（七六〇～八一七）という夫がありながら、春宮である安殿《あて》親王（後の平城《へいぜい》天皇）の寵愛を受けました。登子は、重明親王（九〇六〜九五四、醍醐《だいご》天皇皇子）の妻でありながら、村上天皇に寵愛されました。

ことがことなので、明確な実例を探すのが難しいのですが、女御や更衣がもし、天皇や春宮以外の男性と関係を持てば、それを理由に、地位を廃された上で出家させられる（処罰の意味が強い）可能性が高かったようです。相手の男性も流罪などの処罰を受けたものと思われます。

しかし、尚侍はそうではありません。寵愛は受けていても、女御や更衣ではなく、あくまで女官の一人。夫があり、天皇の寵愛を受けずにその地位に就いている尚侍も当然いるわけですから、男性関係を理由にその地位を追われたりはしないのです。

もちろん、天皇の個人的な思いから、当の女性は寵愛を失い、相手の男性は出世できなくなるなどの例は見られますが、明らかな処罰というのではなく、「いわゆる皇妃の不行跡とは次元の違う問題」（後藤祥子「朧月夜の君」『源氏物語必携Ⅱ』五〇頁、學燈社）として扱われたようです。

寵姫と女官、その境目のあいまいなところに位置していたのが尚侍というわけです。そして、この地位の「境目」「あいまい」なありようが、朧月夜という女性の生き方と重なり合って描かれていくのが、面白いところです。

■帝と光源氏の「間」にいつづける朧月夜

では、「源氏物語」で、尚侍朧月夜はどのように生きたのか。

花宴巻での最初の出会いから約四年を経て、この間に光源氏の父桐壺院は亡くなり、朧月夜を寵愛する春宮が天皇位に就いていています（賢木巻）。権力が新帝の祖父である右大臣の方に移り、思うようでない日々が続く中、光源氏はその鬱憤を女性たちとの関係によって紛らわそうとでもするような動きを見せますが、その欲望の対象となったのは、花宴の巻の時と同じく、藤壺と朧月夜でした。

新帝が「五壇《ごだん》の御修法《みずほう》」に臨むべく、身を慎んで女性を遠ざけている。それを良いことに、朧月夜は光源氏を自分のもとに引き入れます。

五壇の御修法とは、五大明王（不動《ふどう》明王・降三世《ごうざんぜ》明王・軍荼利夜叉《ぐんだりやしゃ》明王・大威徳《だいいとく》明王・金剛夜《こんごうや》叉《しゃ》明王）をそれぞれ中央・東・南・西・北の五壇に祀って行う密教の修法で、天皇や国家の重大事のために行われるものです（個人で行うと謀反を疑われ、処罰の対象になります）。そんな厳かな儀式の隙を突いて、初めて出会った時と同じ、弘徽殿の細殿で忍び会う――この大胆さには呆れるしかありません。

一方の藤壺。新帝の即位に伴い、藤壺の産んだ皇子は新春宮になっています。光源氏とのことが万が一にも世間に漏れれば、自分が中宮（皇后）位を廃されるだけでは済まず、春宮もその地位を追われることになる。「にくき御心」――光源氏の止むことのない自分への思慕をもてあました藤壺の困惑は、彼を避けるための祈禱を寺社へ命じるほどです。

しかし光源氏はそれでも彼女の寝所に忍び込んで来て関係を迫ったので、藤壺はとうとう「御胸をいたうなやみたまへば」(胸をひどく病んだというのですが、これが現代で言うどういう病名の症状なのかは分かりません、もしかしたら心臓の病気なのでしょうか)、発病してしまいます。

悩んだ挙げ句、藤壺が選んだ途は出家でした。中宮であり、まだ元服前の春宮の母でもある人が出家するというのは異例のことで、息子と自分を守るための究極の選択と言えます。

藤壺が光源氏との関係をひた隠しにしたのに対し、朧月夜はその後も大胆でした。宮中のみならず、実家である右大臣家に退出した折にまで光源氏を招き入れてしまうのです。度重なったその逢瀬は、ついにある晩、父右大臣に現場を踏み込まれるという事態に。

右大臣も、姉の弘徽殿太后(中宮にはなれませんでしたが、帝の母として、葵巻時点で皇太后となっています)もこれには激怒。光源氏を本格的に政治の世界から追放しようと考えるに至ります。もし、朧月夜が「うけばりたる女御(歴とした女御)」であったならば、二人の関係はすぐにでも糾弾の対象になります。しかし、帝の寵愛がいかに深くても、朧月夜はあくまで「尚侍」なので、右大臣方が光源氏から官職や位を奪うためには、様々な理由、口実を別に探しださなければなりません。

藤壺との間に真の「帝への罪」を犯している光源氏ですが、それが公に暴かれることはない。一方、朧月夜との関係は、右大臣方の活発な動きを招き、その結果、位の上昇を止められ、職も解かれた光源氏は、謹慎の姿勢を示すべく、みずからいったん京を離れて須磨へ向かいます。

史実の例から検討すると、罪を公に追及されて流罪になると、後に許されて召還されたとしても、政界に復帰して元の官職以上に就けた例はありません。光源氏が返り咲くことができたのは、朧月夜が尚侍だったおかげとも言えます。

ただ読者としては、真の罪である藤壺との関係の方は、どう扱われるのだろう？　という関心を、物語のさらに先まで持たされ続けることになり、これはまさに、「物語」の巧みなプロットと言えます。

■奔放な朧月夜の、実家との関係

さて、自分との関係のせいで光源氏を都落ちさせた――その後の彼女が、では実家で引きこもったかというと、まったくそうではありません。

朱雀帝（ここからはこう呼ぶことにします）は彼女を許すのみならず、その後も深く寵愛して側から離そうとしません。朱雀帝の優しい言葉に思わず朧月夜が涙を流すと、「さりや。いづれに落つるにか（やはり、あの人を思っているのだね。その涙は私か光源氏か、どちらのために落ちるのだろう）」（須磨巻）などと言って嫉妬心を見せたりはしますが、それ以上咎めたりはせず、その寵愛は光源氏が政界に復帰して、朱雀帝が譲位してもなお続きます。

ただ、あくまで彼女はずっと尚侍。中宮になれないのはもちろん、朱雀帝との間に子どもを授かることもなく、どっちつかずの不安定な存在であり続けます。

父や姉（に象徴される「家」）に従属せず、さらに、朱雀帝とも光源氏とも、「愛されてはいても完全にどちらか一人のものにはならない」関係を保ち続ける——世間的には無責任でわがままと言われても仕方ない彼女。

実際、姉の弘徽殿女御は、光源氏と妹との関係が続いているのを知った折、正式な入内を志していたのに、光源氏のせいで無様な笑いものになっていた、それでもなお、自分たちがこれだけ守り、引き立ててやっているのに「忍びてわが心の入る方になびき（こっそりと自分の気に入った男の方になびいた）」（賢木巻）と、妹に対しても激しい怒りを露わにしました。

ただし、一応朧月夜を擁護すると、彼女が嬉々としてそうしたことを続けていたわけではありません。帝に優しくされれば「わが心の若くいはけなき（自分の心が若く無分別であった）」（澪標《みおつくし》巻）日々を思い嘆き、深く反省したりもするのです。

そんな彼女が後年、自らが属する家の論理で動く姿が描かれている場面があります。

ひとつは絵合《えあわせ》巻。朱雀帝が譲位したあと、藤壺を母に持つ新帝が即位し、やがて「次の中宮は誰か」の争いが生じます。ここで光源氏は六条御息所の遺児である元斎宮を自分の養女として女御にし、中宮候補に立てます。一方、かつて頭中将と呼ばれていた光源氏の友人は、今ではむしろ政敵となっていて（絵合巻では中納言）は、実の娘を女御にし、光源氏に対抗します。

この時、朧月夜は、頭中将側に味方をします。これは、頭中将の正妻が「右大臣の四の君」、つまり自分の姉であり、女御は姪にあたるからと考えられます。

わざわざ書かなくても、物語の進行にはほとんど影響のない、ごく短い一文なのですが、朧月夜がそうした行動を取ったと明確に書かれています。奔放な印象の強かった彼女が、家の一員として振る舞う側面もあるのだと気づかされて、はっとする描写です。

もうひとつは、若菜上巻。女三宮の婿選び問題に際して、頭中将（若菜上巻では太政大臣）の息子である柏木《かしわぎ》を推薦します。絵合の時と同様、甥のため、義兄夫婦のために動くのです。

生まれた家にも、どの男との関係にも、自分の安住の場を見いだせないまま、不安定な状況で漂い続ける女君。でも、家のために積極的に動く側面も持つ。朧月夜はどうもそんな人として設定されているようです。

■「マージナル・マン（境界人）」としての朧月夜

マージナル・マン（＝境界人）とは、二つ以上の集団に属しながら、そのどちらの集団にも同化できず、情緒的に不安定な状態にいる人を差す言葉です（K・レヴィン『社会的葛藤の解決』末永俊郎訳、創元社）。

移住したばかりの移民や、信仰する宗教を変えた人など、文化の大きな違いのために葛藤と緊張を強いられる人に多いとされてきましたが、現代では同じ人が複数の共同体と関わりを持つようになっているので、これに近い心理を味わう人が増えているとも言われています。

卑近な例で恐縮なのですが、私自身が思い当たる例でお話しすると、私は実は、「名古屋人」

と呼ばれることにちょっとだけ心理的抵抗があるのです。というのは、両親とも九州出身のため、代々長く名古屋に住む人とはずいぶん考え方が違うというのを、子どもの頃からずっと感じてきたからです。人づきあいの中で、正直嫌な気持ちになったこともたびたびあります。

こうした思いには、私の成人後に、「愛知で老後を送りたくない」との強い決意で、両親が九州へ移住してしまったことで、拍車がかかったところもあるかもしれません。

両親にとって愛知県は、「働きに来て、何十年も過ごしたけれど、住みつきたい場所には結局ならなかった」らしいのです。私が結婚した時には、相手が関東出身者だったのを「地元の人でなくて良かった」と喜んだくらいなので、両親の心底を思うと複雑な気持ちになります。

一方で、私は名古屋周辺を小説の舞台に選んだり、由縁の人を頻繁に題材にしたりしています。小説家として、なんだかんだと地元にお世話になって、大事にしてもらっているなあと痛感することも多々ありますし、名古屋の歴史を興味深いと感じ、多くの人に知って欲しいという気持ちは人一倍強く持っています。本名で暮らす私と、小説家としての私は、なんだか別々の風土に立っているような気がします。

こんな私のような体験は些細な例ですが、例えば移民の人などだと、移住先の国の文化に過剰に適応しようとして、その国の支配階級の社会へ入り込もうとする例、反対に、移民二世・三世の人が、みずからのルーツである(でも住んだこともない)国の文化や宗教に熱心に打ち込み過ぎて、時にテロなどの極端な行動に走ってしまう例なども挙げられるでしょう。

朧月夜の例で言うと、若い頃には、父を落胆させ、姉を激怒させて、自分の欲望のために家の願いを潰してきた、つまり「右大臣家（源氏と対立する藤原氏）」の文化から離れたところに身を置いて、「個」の自由を優先させてきたように見えます。その象徴が光源氏との関係でした。

しかし、自分と血のつながる次世代が育ってくると、むしろ「（源氏と対立する）藤原氏＝家」のために積極的に動くようになった、ということでしょうか。咎めることなく自分を長らく側に置いてくれた、朱雀院に対する感情の変化も影響していると読むべきなのかも知れません。

こんな彼女の物語からの退場は、やはり朱雀院と光源氏、両方との関わりから描き出されます。愛娘である女三宮を光源氏に降嫁させた朱雀院は、出家を決意。それにより、院のもとを下がった朧月夜が、亡き姉（弘徽殿太后）の住まいだった御殿に転居してくると、光源氏はどうにかしてもう一度直接彼女に会おうと画策します。今さらそんなことは、とためらう朧月夜ですが、結局押し切られて一夜を過ごしてしまいます。

別れ際、光源氏はこれならと「いとよく語らひおきて（次の機会を固く約束して）」（若葉上巻）帰途に就きます。ところが、彼女はその後、光源氏には一言も仄めかすこともせずに出家してしまうのです。

ここで光源氏に黙って出家する朧月夜が、私はとても好きです。「お疲れ様でした」と声をかけてあげたくなります。

第三講で取り上げたとおり、「源氏物語」の女君たちの悩みは「玉の輿の不幸」のバリエーションがとても多いのですが、そんな中にあって、朧月夜のありようはあまりに異彩を放っています。大臣家に生まれ、父や姉にも大切にされながら、その期待を裏切り、高貴な男性二人から愛されながらも、どちらにも完全に従属はできない、しない。「持ちすぎた」あるいは「自由を選んだ」ゆえの不安定、マージナル（境界）を生ききった末の選択とでも言いましょうか。

■紫式部と、実在した「奔放な女」たち

以上のように、朧月夜は、物語の構想、設定の上でとても面白い存在ですが、実は紫式部は、こうした奔放な女性の内面を描くのは苦手だったのかもしれない、という気もします。朧月夜の内面の描写は、他の女君に比して少なく、読者であると同時に、現代の物語の書き手でもある私には、物足りないというか、とてももったいなく思われます。

紫式部にとっての苦手というと清少納言を思い浮かべる人が多いかも知れませんが、私は彼女が本当に苦手だったのは和泉式部《いずみしきぶ》だったのではないかと想像します。

紫式部＝当代一の才女と私たちは考えがちですが、和歌の世界で比べてみると、和泉式部は勅撰集（朝廷の命令で編纂された和歌集）への採用が二四六首なのに対し、紫式部は六二首と、圧倒的に差があります。天性の詩人（歌詠み）で、恋愛にも奔放だった和泉式部は、理詰めでものを考えがちな紫式部にとっては、悔しいような、羨ましいような存在。朧月夜の人物造型に和泉式部の影響が指摘されるのは、うなずける部分もあります。

さらに私は、朧月夜像に影響を与えたかもしれない人として、もう一人、藤原綏子《すいし/やすこ》の存在を考えています。綏子は、藤原道長の異母妹に当たる人です。父、兼家存命中の永延元（九八七）年に、尚侍となり、同時に春宮（のちの三条《さんじょう》天皇。二人は甥と叔母の間柄）の寵愛を受けるようになりましたが、ふとしたことから春宮の心が離れてしまったと『大鏡』は伝えています。

夏の暑い日、春宮は、御前に献上されていた氷を綏子に手渡すと、「私を愛するなら、私が良いというまで、これを手放してはいけない」と命じます。いつまでも良いと言わずに観察していた春宮。すると綏子は、手に「かたの黒《くろ》むまで（氷の痕が青黒くつくまで）」放さずに持っていたというのです。それを見た春宮は「あはれさ過ぎて、うとましくこそおぼえしか（可愛さも行きすぎて、疎ましい気がした）」とか。

これが契機になって春宮の寵愛が衰えてしまい、それを恥じてか、綏子は宮中を離れ、実家にこもりがちになったようですが、その彼女に思いがけぬスキャンダルが持ち上がります。別の男性と密会の果てに、身ごもったという噂です。

噂を聞いた春宮から、事の真偽を問いただされた道長は、自邸へ戻って妹の部屋へ押し入ると、

御胸をひきあけさせたまひて、乳《ち》をひねりたまへりければ、御顔にさとはしりかかるものか

（『大鏡』太政大臣兼家伝）

（胸を開いて、乳房をひねりなさったところ、お顔に乳がさっとほとばしったではないか！）

まだ出産を終えていない乳房からこんなふうに母乳が出るというのもあまりないことのように思われ、「大鏡」の記述には時に潤色も多いと考えられますので、道長が本当にここまでの行為に及んだかどうかは定かではありません。ただ、かなり厳しい態度で異母妹の不行跡を咎め、春宮にもその事実を報告したのは間違いないようです（なお、密通の相手であった源頼定《よりさだ》は、特に処罰はされていませんが、この春宮＝三条天皇が在位中は位も職も留め置かれ、まったく昇進できませんでした）。

兄の振る舞いに大泣きしたという綏子。その後もひっそりと道長の邸で暮らしたようですが、寛弘元（一〇〇四）年二月に三十一歳の若さで亡くなります。

従順さが災いして寵愛を失い、別の男性との関係を屈辱的に暴かれた挙げ句に、ひっそりと短い生涯を終えた綏子。あまりに気の毒な気がします。立場や境遇は朧月夜に似ていますが、生き方の印象は正反対です。

作家が、登場人物を描く時に誰をモデルにしたか、何をヒントにしたか——私自身の場合でも「あの人物は実は」がたくさんあります。それは、他の人から容易に類推できそうなこともあれば、「絶対誰にも分からないだろうな」という突飛な連想や勝手な妄想で結びついているものまで、さまざまです。

寵姫でもいられず、女官としての仕事も全うできず、おそらく実家でも肩身が狭く、「居場所のない」思いをしていたであろう綏子。この女性が亡くなったのは、おそらく紫式部が彰子のもとに出仕する少し前です。よって、紫式部がどれほど彼女について知っていたかは定かではありません。

ただ、帝と光源氏との間を漂いながら両方から愛され続け、最後は潔く出家を決断し、憂き世、俗世から逃れた朧月夜の物語が、世間の辺境《マージナル》へ追いやられたまま、忘れ去られたように亡くなった女性へのレクイエムだったかもしれない、などと妄想してみると、花宴で「破格」な登場をするヒロインの輝きは、いっそう増すような気がします。

第六講

宮家の姫の「おひとりさま」問題
——桃園邸《ももぞのてい》は平安の「シスターフッド」？

■「おひとりさま」が難しい場所

近頃私が楽しみにしている空間のひとつに、月に一度、講師を担当している「源氏物語」の講座の帰途に立ち寄るショットバーがあります。

講座は午前十時半開講で十二時まで。真っ昼間の一杯は至福のひとときです。駅の地下にあるお店で、大勢の人が通り過ぎて行く気配を背中で感じながらの昼休み、講座の反省会と称して一人でしみじみとグラスを傾けていると、いろんなことが思い出されます。

新語・流行語大賞に「オヤジギャル」が入賞したのが一九九〇年。同じく「おひとりさま」がノミネートされたのが二〇〇五年。

その十五年ほどの間に、私は長い非常勤講師生活からようやく脱し、大学の専任講師の職を得て、とある地方都市での暮らしを体験しました。学生時代から暮らしていた名古屋では「オヤジギャル」風の振る舞いを「おひとりさま」でしていても、違和感を覚えることはさほどありませんでしたが、残念ながら、その地方での暮らしはそうはいきませんでした。

空気もきれいで食生活も魅力的な、豊かな風土に恵まれた場所でしたが、一方で、私生活への詮索、干渉、その他、驚くほどのジェンダー不平等感、ＬＧＢＴＱへの理解や共感の乏しさ――。一人一人は心の優しい方が多く、決してどなたも悪意を持ってのことではないのですが、それだけにどうして良いか、かえって途方に暮れることが多くありました。

もちろん名古屋にだってそうした不愉快は今でも存在しますし、後から思うと、私も慣れない土地で神経質になりすぎていたのかもしれません。でも、次第に自分の感情を制御できなくなった私は、せっかく得た貴重な職を、六年で辞してしまうことになりました。

「結婚しないの？」「子どもは？」——家族であれ他人であれ、こうした問いを不用意に発することが、人を傷つけたり、不愉快にしたりする。場合によっては「ハラスメント」にあたるとの考え方は、令和の今ではある程度浸透してきたように感じますが、それでもまだまだ、嫌な思いをしている人は少なくないようです。

■「おひとりさま」が推奨された人たち

さて、古今東西、「結婚せよ」「子を産め」と迫られる女性が圧倒的に多い中で、例外的にむしろ独身が奨励された特殊な人たちが、平安時代にはいました。

それは天皇の娘、つまり皇女たちです。

『源氏物語』の第二部のはじめは、光源氏の異母兄、朱雀院の周辺から語り起こされます（若菜上巻）。もともと病がちであったこの上皇は、己の最晩年を見据えて出家への希望を強くするに至っています。

朱雀院には皇子が一人（この時点で皇太子。光源氏の一人娘である明石姫君《あかしのひめぎみ》はこの皇太子の女御となっています）と、皇女が四人ありました。そのうちの三女、女三宮の行く末を危ぶむ上皇は、自分が出家する前に、彼女を誰かに縁づけたいと考えるのです。

幾人かの候補者が上がっては消え、最終的に光源氏に決まるまでの過程にかなりの描写が割かれていますが、その中にこんな箇所があります。

皇女《みこ》たちは、独りおはしますこそは例のことなれど、さまざまにつけて心寄せたてまつり、何ごとにつけても、御後見《おんうしろみ》したまふ人あるは頼もしげなり　（若菜上巻）

（皇女の方々は、独身をお通しになるのが常例だけれど、諸事につけて心をお寄せ申し、何事につけても、お世話なさる方があるのは心強いものです）

これは、女三宮の乳母が自分の兄、左中弁《さちゅうべん》に相談した時の言葉です（左中弁は朝廷の事務官ですが、光源氏の邸である六条院の処務も兼任していたと思われます）。女三宮の母は既に亡くなっています。乳母は、見守ってきた女主人の性格を「独り身では心配」と考え、また父である朱雀院の気持ちにも配慮して、光源氏との縁組を前向きにとらえて発言したものでしょう。

一方、女三宮の異母姉、女二宮。彼女は柏木（太政大臣、かつての頭中将の長男）に降嫁しますが、柏木との夫婦仲はあまり良いとはいえず、しかも若くして死別。女二宮の母は、娘の身の上について、後々こんなふうに振り返っています。

皇女《みこ》たちは、おぼろけのことならで、あしくもよくも、かやうに世づきたまふことは、心にくからぬことなりと、古めき心には思ひはべりしを　（柏木巻）

（皇女の方々は、よほどのことでなければ、良かれ悪しかれ、このようにご縁づきになることは好ましからぬことだと、私のような古風な者の心ではそう思っておりましたものを）

結果的に短く終わってしまった柏木と娘との縁をその端緒から顧みて、やはり結婚させるのではなかったと悔やんでいるのです。

いずれにしても、「皇女は独身を通す方が良い」との規範意識が見られる発言です。「降嫁」という言葉が表すとおり、天皇家の権威を背負ったいわば「最上格」の女性が、「格下」の男性と結婚することが社会的に特別視されていたわけですが、この根拠となるものを探ると、律令の規定にたどり着きます。

養老律令（七五七年制定）の継嗣令《けいしりょう》は、皇族の身分や婚姻について定めたものですが、この規定によると、内親王（正式に認められた皇女）が結婚できるのは皇族に限定されています。現在の皇室典範と当時の規定では違う点があるので少し説明すると、平安時代では、天皇を父または兄弟に持つ女子で、さらに、朝廷から内親王宣下を受けた者のみが内親王と呼ばれていました（現在の皇族女性は天皇の子と孫までが内親王、ひ孫は女王《じょおう／にょおう》とされています）。

また、律令の規定に厳密に従うなら、女王についても、皇族以外の男性との結婚には制限があります。

「源氏物語」の例で言えば、紫の上、朝顔姫、末摘花、それから宇治十帖に登場する大君、中君はいずれも「父が親王（祖父が天皇）」なので、身分の呼称は「内親王」ではなく「女王」となりますが、彼女たちも厳密には皇族としか結婚できないことになります。

光源氏は天皇を父に持ちますが、「源」の姓を賜った時点で皇族から外れており、律令を厳密に適用すれば内親王や女王との結婚は正式には認められません。

もちろん、第一講でも触れたように、律令による規定は、「源氏物語」が成立した時代の実態にはそぐわない点も多く、物語内だけでなく、史実の上でも臣下と結婚した例は見受けられます。ただ、それでも、「本来は……」という規範意識が消えていないことは、女三宮の乳母や女二宮の母の言葉からも分かりますし、実際の皇女たちの例を調べてもうかがわれます。

記録で分かる範囲では、桓武天皇から花山天皇までの十六代の間に、皇女は一六五人を数えることができます。このうち、配偶者、あるいはそれに准ずる相手を確かめうる人は二七人。さらにこの二七人の中で、相手が天皇・皇太子・親王でない人は一〇例のみです（服藤早苗編著『歴史のなかの皇女たち』に掲載の一覧表により、奥山が算出しました）。

幼くして亡くなった例もあるので単純には言えませんが、皇族に縁付くのでない限り、かなりの高確率で皇女は独身を通していたと考えられます（女王の場合は、途中で姓を賜って皇族を離れる例が多いようですが、皇族に留まっていた人についてはやはり独身を通すか、皇族を配偶者とする傾向が見られます）。

■朱雀帝の心配ごと

律令による規範意識はあるとしても、ここまで独身が多くなったのはなぜか。それについて、「源氏物語」では朱雀院が「皇女の結婚は見苦しく軽薄なようでもあるが、自分の意志どおりに生き通すことは難しい世の中になっている」と前置きした上で、次のように述べているのが参考になります。

昨日まで高き親の家にあがめられかしづかれし人の女《むすめ》の、今日は直々《なほなほ》しく下《くだ》れる際《きは》の好き者どもに名を立ち欺《あざむ》かれて、亡き親の面《おもて》を伏せ、影を辱《はづかし》むるたぐひ多く聞こゆる

（若菜上巻）

（昨日まで身分の高い親の家で尊重され大切に育てられていた女子が、今日はありふれた低い身分の好色者たちに浮名を立てられだまされて、亡き親の面目をつぶし、死後の名を辱めるような例が多く聞こえてくるが）

朱雀院は「多く」と言っていますが、現在伝わっている例で考えると、必ずしも多いという気

はしません（あくまで主観ですが）。

でも、昔も今も、皇族に限らず、身分や名のある家に生まれた女性は、どうしてもその身の去就が注目されますから、結婚生活や恋模様についてあら探しをされ、些細なことでも大きく取り沙汰されてしまいます。まして、もっとも品高き女性である皇女にスキャンダルは御法度。朱雀院が「多く」と感じているのは、事の重大性ゆえでしょう。上皇である親の顔を潰されては絶対に困るというわけです。

ここまで言われると、現代の読者としては苦笑するしかありません。では、自分の娘にも独身を通させるのか？　と思って読み進むと、朱雀院はなぜか、こう続けるのです。

宿世《すくせ》などいふなることは、知りがたきわざなれば、よろづにうしろめたくなむ。すべて、悪《あ》しくも善《よ》くも、さるべき人の心に許しおきたるままにて世の中を過ぐすは、宿《すく》世《せ》宿世にて、後の世に衰へある時も、みづからの過ちにはならず　（若菜上巻）

（宿世などということは、知りがたいものなので、万事が不安である。ならばすべて、良くも悪くも、親などのしかるべき人が指図したとおりに世の中を過ごして行けば、それが宿世というもので、後年衰えることがあっても、自身の過ちにはならない）

親の選んだ縁談に従った末に不幸になったのなら仕方ない（結婚した本人に非はない）から諦

めよ（！）とさえ読めるこの文脈には驚かされます。とはいえ、平安時代の皇族、貴族の考え方は、おおよそこういうものだったようで、「大鏡」にはこんな貴族女性の例が挙がっています。

いま一所《ひとところ》の女君は、父殿《ちちとの》うせたまひにし後《のち》、御心わざに、冷泉院《れいぜいゐん》の四《し》の親王、帥宮《そちのみや》と申す御上《うへ》にて、二三年ばかりおはせしほどに、宮、和泉式部《いづみしきぶ》に思《おぼ》しうつりにしかば、本意《ほい》なくて、小一条に帰らせたまひにし後、この頃聞けば、心えぬ有様の、ことのほかなるにてこそおはすなれ

（「大鏡」左大臣師尹《もろただ》伝）

（もうお一方の姫君は、父君済時《なりとき》さまがお亡くなりになった後、ご自分の意志で、冷泉院の第四皇子、帥宮敦道《あつみち》親王の妃として、二、三年ほどいらっしゃいましたが、宮が和泉式部にお心を移してしまわれましたので、不本意にも、お里の小一条邸にお帰りになってしまわれ、その後は、このごろ聞くところでは、理解しがたい、まったく意外なほどの有様でいらっしゃるということです）

この女性、実名は不明ですが父は大納言藤原済時、姉は三条天皇皇后娍子《せいし/すけこ》。まぎれもない上流の姫君ですが、残念ながら自分の結婚相手を決めぬまま父が亡くなってしまった。そこで「御心わざ」、すなわち自分の意志で、三条天皇の弟、敦道親王と結婚したところ、ほどなく、敦道親王が和泉式部を寵愛するようになったので、それを不快に感じて実家へ戻ります。いくつかの文

献を照らし合わせると、どうやらそのまま離婚に至ったようです。

現代なら和泉式部と敦道親王の方が「炎上」しそうなお話ですが、むしろ世間はこの姫の方に冷たかった。「栄花物語」（巻八はつはな）には、姉の娍子も三条天皇も「この縁組にもし自分たちが関わっていたらいやなことであった、関わりのないことだから気楽だ」と言っていたとあります。「自分で」男性と縁を結んで不幸な結果を招くのは、この時代にはもっとも忌避されることだったと考えられます。

■「皇女の降嫁」が生んだ悲劇

さて、女三宮の話に戻りましょう。朱雀院は鍾愛《しょうあい》の女三宮を光源氏に降嫁させますが、よく知られているとおり、これはとんでもない悲劇につながりました。

女三宮をぜひ自分に――そう願っていたのが柏木でした。朱雀院は彼をそれなりに評価しつつも、「まだ年若だし位や官職も物足りない」として斥けてしまったのです。

願いの叶わなかった柏木は、女三宮が光源氏のもとに嫁してしまっても諦め切れず、いつまでも結婚しようとしません（「そのうち光源氏が出家するんじゃないか？ そうしたらあの方はまだお若いのだし……」などという妄想的願望も持ったりします）。

心配した周囲は、「同じ血を引く皇女をぜひ正妻に」と、異母姉である女二宮の降嫁を朱雀院に願い、実現させます。女三宮は許さなかったのに女二宮は認めたのは、それぞれの母の地位の差でした。女三宮の母が女御であったのに対し、女二宮の母は更衣だったために、朱雀院からの扱いが違ったのです。

しかし、なおも女三宮への思慕断ちがたい柏木は、とうとう光源氏の目を盗んで彼女を犯し、子までもうけます。それが光源氏の知るところとなり、女三宮は出家。柏木の方は心痛のあまり病に倒れ、亡くなります。

悲劇はこれで終わりません。柏木を亡くしたばかりの女二宮に、彼の親友であった夕霧が心惹かれ、強引に言い寄るようになります。夕霧には既に雲居雁（柏木の異母妹。父は頭中将）という歴とした正妻がいますから、女二宮の母はこの成り行きを不安視。さらにはそのまま亡くなってしまいます。

どうしようもなく連鎖する悲劇。朱雀院はさぞ後悔したことでしょう。誰も幸せになれない展開に、読者としては、「せめて、少しでも救いのある生き方のできた内親王や女王の登場人物はいないのか？」と探したい思いに駆られます。

夕霧は女二宮を大切に扱い、後には律儀に雲居雁の所と一日おきでその邸へ通ったとありますから、まあ悪くないかもしれませんが、それまでのいきさつ、女二宮とその母の心情を思うと、どうも後味があまり良くありません。

■平安の「おひとりさま」皇族女子の住まい事情

さて……と考えていて、私は最近、女王として登場するある人物の周辺について、ちょっと面白い描写がされていることに気づきました。

光源氏を一度も恋愛の対象としては受け入れなかった、朝顔姫です。この人の父は親王（桃園《ももぞの》式部卿宮《しきぶきょうのみや》）で、しかも桐壺院の弟に当たります。つまり、朝顔姫と光源氏はいとこ同士です。

光源氏は若い頃から彼女に心を寄せ、文などを送り続けていましたが、六条御息所の悲劇を知った彼女は、彼と男女の仲になることを拒否（葵巻）。さらに、朱雀院が天皇として即位した際、賀茂神社の斎院に選ばれたため（賢木巻）、以後、俗世とは隔絶された暮らしを送りました。

伊勢神宮に仕える斎宮、賀茂神社に仕える斎院は、いずれも未婚の皇族女性しか務められない職です。史実では内親王の例が圧倒的に多いですが、女王の例も見られます。天皇が即位する度に新しく選ばれて就任し、辞するのは天皇の代替わりか、自身の親の死などで喪に服さなければならなくなった時というのが原則ですが、「紫式部日記」に記述のある選子内親王《せんしのないしんのう》（九六四～一〇三五、村上天皇皇女）のように五代にわたって務めた例もあります。

朝顔姫自身の年齢は明記されていないので分かりませんが、おそらく光源氏と同世代くらいだと思われます。彼女が斎院になった時、光源氏は二十四歳。父親王の死によって斎院を辞したのはそれから八年後で、光源氏は三十二歳になっていました。

朝顔姫が神域にいた八年は、光源氏にとって大きな変化のあった時期でした。須磨、明石での流謫生活を経て京に復帰の後、亡くなった六条御息所の遺児を養女にして天皇（桐壺院と藤壺宮との間の皇子。実父は光源氏）の後宮に入れたり（絵合巻）といった政界の重鎮としての行動も抜かりなく、また明石で授かった女子を引き取り（薄雲《うすぐも》巻）、将来の后候補として育てるなど、次世代を見据えた布石も盤石です。すでに位は従一位、官職は内大臣へと昇っていて、すっかり大貴族の風格です。

ようやく落ち着いた――そう思ったのは紫の上も同じだったはず。ところが、それを脅かすように光源氏が昔の片思いを再燃させる。その相手が朝顔姫なのです。

よって、これまで朝顔巻についてはどうしても、「紫の上の存在不安を改めてクローズアップする」という点に注目が集まっていた気がします。そのせいか、私もこれまで見過ごしていたのですが、この巻で朝顔姫が住んでいる桃園邸の様相は、改めて見るとなかなか興味深いのです。

朝顔巻の冒頭では、その年の夏頃に彼女が斎院を辞したこと、晩秋になってから桃園邸に移り住んだことが描かれます。光源氏は早速訪れるのですが、そこには先住者がいて、朝顔姫はその人と「同じ寝殿《しんでん》の西東《にしひむがし》にぞ住みたまひける」、つまり寝殿を半分ずつシェアして住んでいるというのです。

その住人は、女五宮《おんなごのみや》と呼ばれる年配女性で、すでに出家して尼になっています。桐壺院の妹とあるので、光源氏にとっても、朝顔姫にとっても叔母にあたります。そして、ずっと独身を通してきた人のようです。

光源氏の訪問目的、その真意はもちろん朝顔姫への接近なのですが、同じ屋根の下にいる叔母を無視するわけにはいきません。といいますか、紫の上には「五宮さまのご機嫌伺い」を口実に出かけてきたのです。この女五宮、口数が多くて愚痴っぽく、また長々と昔話をしたがるので、光源氏はちょっと閉口気味。実は女五宮の姉は大宮《おおみや》といって、亡くなった葵の上（光源氏の正妻）の母にあたり、そちらとの縁もあります。

光源氏は「大宮の方が、姉なのによほど若々しい」などと、いくらか冷たい視線を女五宮に向けながらその話を適当に聞き流していますが、「あなたを娘婿にできた姉が羨ましかった」「亡くなった兄（朝顔姫の父）が、あなたを姫の婿にできなかったことを悔やんでいた」などの言葉には思わず耳をそばだて、「そうできていたら私もきっと幸せでしたのに」などと思わせぶりな返事をしたりします。

ようやく女五宮から解放されて朝顔姫の方に行きますが、姫の態度は冷たくはないものの、一定の隔てを置く様子がありありと見える。現代風に言うなら「お友達のままがいいわ」なのです。

彼が素敵な男性だってことは分かってる。だから嫌われたくはないし、手紙のやりとりも楽しい。でも、男女の仲にだけはなりたくない――朝顔姫の態度からはそうした意志がはっきりと読み取れ、私もその気持ちには、なんだかとても共感できます。

一方、彼女をどうしても諦められない光源氏は、何度か通ってきます。そのたびに女五宮とのくだくだしいやりとり（会話の最中にいびきをかいて眠ってしまうなど）が描かれるのが、なかなかもどかしくて滑稽なのですが、ここにさらにもう一人、面白い人が交じるのです。

お目当ての方へ移動しようとする光源氏に、「院の上《うへ》は、祖母《おば》殿《おとど》と笑はせたまひし（亡き桐壺院は、私をおばばどのとお笑いでしたわ）」と話しかけてきた一人の尼。正体は源典侍《げんのないしのすけ》でした。光源氏がまだ十代の頃、年配のくせに妙に気取っていて面白いと、戯れの恋をしかけた女性です。その折は、頭中将（柏木の父。朝顔巻の時点では大納言）まで彼女と関係を持ってしまい、男二人が典侍のもとで鉢合わせ、互いの装束の袖を引き剝ぎ合うような騒ぎも起きました（紅葉賀巻）。

源典侍はその頃でさえ五十七、八とされていますから、この朝顔巻ではすでに七十を超えているはず。宮廷から退き、尼となって女五宮に仕えている彼女は、老け込んでいる女主人とは対照的にまだまだ色気たっぷり。光源氏はこちらにもうんざりしてしまいます。

■独身皇族女性たちの経済問題

さて本命の朝顔姫。光源氏がどう迫っても彼女の態度は変わりません。まわりの女房たちは「あなかたじけな（なんてもったいない）」と口々に言いますが、頑なに独り身を通そうとします。

女房たちがみな光源氏に味方するのは、もちろん素敵な男性だというのもあるのですが、もう一つ事情があることが、さりげなく差し挟まれるこんな描写から分かります。

御はらからの君達《きむだち》あまたものしたまへど、ひとつ御腹ならねばいとうとうとしく、宮の内いとかすかになりゆくままに、さばかりめでたき人のねむごろに御心を尽くしきこえたまへば　（朝顔巻）

（姫君にはご兄弟方が大勢いらっしゃるけれど、生母が違うせいでずいぶん疎遠で、お邸もごくひっそりとさびれてゆくところへ、あれほどご立派な源氏の大臣のようなお方がご熱心にお心をお寄せ申しておられるのだから）

光源氏が通ってくれれば経済的に潤うに違いない――仕える女房たちは、そんな期待をしていたのです。昔の貴族の暮らしなので、使用人も大勢いることですし、共通点が見当たらないように見えるかもしれませんが、女の「おひとりさま」に経済問題がついてくるのは、やはり現代と同じです。

また、古い時代というと女性には何の権利もないのでは？　と考えてしまう方も多いようなのですが、この頃の女性には財産の権利が認められていました。不動産が女性によって相続される例が多数あることなども、指摘されています（服藤早苗『家成立史の研究』校倉書房など）。

「源氏物語」の須磨巻では、京を離れる光源氏が紫の上に、「領《りやう》じたまふ御庄《みさう》、御牧《みまき》よりはじめて、さるべき所々の券《けん》など、みなたてまつり置きたまふ（ご所領の荘園、牧場をはじめ、しかるべき領地、証文など、すべて差し上げ置きなさる）」という描写があります。もし自分がこのまま長らく京に帰ってこられなくても紫の上が経済的に困窮しないよう、不動産の権利書などを譲っていったということです。

史実にはこんな例もあります。「源氏物語」より少し後の時代になりますが、紫式部と後年親しかった、藤原実資《さねすけ》（九五七～一〇四六、道長政権下で右大臣にまで昇った人です）は、娘の千古《ちふる》を溺愛するあまり、財産のほとんどを彼女に譲り、息子たちにはほとんど残さない旨の「処分状」（今で言う遺言書でしょう）を作りました（「小右記」寛仁三年十二月九日条、東京大学史料編纂所データベースによる）。

さらに興味深いことに、不動産の権利のために自ら動いた女性もいます。

藤原道長が自身で建立した法成寺の阿弥陀堂で祈りを捧げていた時のこと。真夜中に、外から「申し上げたいことが」と声がしたといいます。

この御堂のある寺は道長の住まいである土御門邸に隣接して建てられていました。つまり、明らかに不法侵入者ですから、道長の驚きは並大抵ではなかったでしょう。しかも、声の主はどうやら女です。道長は「僻耳《ひがみみ》か（空耳か）」と思ったのですが、声は幾度も聞こえてきます。怪しみつつもとりあえず耳を傾けてみると、声の主はなんと、一三一頁ですでにご紹介した藤原済時の次女でした。彼女は、父から譲られた荘園を人に奪われて困り果て、道長に直訴に及んだのです（「大鏡」左大臣師尹伝）。

敦道親王と別れての「おひとりさま」生活には、当然、何らかの収入が必要です。父から譲られた荘園からの収入が途絶えて困窮した彼女は、意を決して道長に助けを求めたというわけです。

道長はあまりの大胆さに呆れつつもこの訴えを聞き入れ、すぐに措置をすると返答したと「大鏡」は伝えます。身分の高い貴族女性でも、自分の「おひとりさま」暮らしを守るために、このくらいの行動力を発揮した例があるのです。

では、物語に戻って、朝顔姫の暮らしはどうだったのでしょう？

物語では残念ながらそこまでの詳細は書かれていません。ですので、朝顔姫、女五宮、源典侍の収入として可能性のありそうなものを歴史的背景から考えてみましょう。

当時の皇族・貴族女性にありえた収入源として、先に挙げた「親族からの相続財産」に加え、律令の規定による禄（給料）＝「食封《じきふ》」があります。これは、皇族・貴族の位階に応じて朝廷から与えられるものです。

貴族の位として知られる「正三位《しょうさんみ》」「従四位下《じゅしいのげ》」などは、男性だけでなく、女性にも与えられました。紫式部の娘賢子《けんし／かたいこ》は「大弐三位《だいにのさんみ》」の名で知られます。「大弐」は夫の官職によりますが、「三位」は、賢子自身が従三位《じゅさんみ》に叙されたことによる呼称です。この「位《い》」に伴って与えられる食封が「位封《いふ》」です。

一方、皇族のうち、親王と内親王は母の身分やその後の事績などにより「品《ほん》」で格付けされました。

斎院としておそらく最も有名な選子内親王は、はじめ三品《さんぽん》でしたが、十二歳の時から長らく斎院をつとめた功績からでしょう、六十歳の時に一品《いっぽん》に格上げされています。この「品《ほん》」によって与えられる食封が「品封《ほんぷ》」で、「源氏物語」では、女三宮が光源氏の妻になった後に、天皇（女三宮の異母兄）の配慮により二品《にほん》に格上げされたので「御封《みふ》」が増えたとの記述があります。

女五宮の品は書かれていませんが、亡くなった桐壺院がこの妹を大切にしていたとあるので、無品ではないでしょう（無品の親王、内親王もいました）。また典侍は、「源氏物語」が書かれていた時代には、従四位《じゅしい》くらいに叙される職でしたから、在職の長かった源典侍は、それなりに財産を持っているとみなしてもいいような気がします。

その源典侍が尼になった経緯は書かれていませんが、当時は、女主人が出家すると、身近な女房もいっしょに出家して、仏道上の「弟子」と称される慣例がありました。桐壺院に長く仕えた源典侍なら、女五宮とも交流があったでしょうから、宮廷での職を退いてからの再就職先として選んでも不思議はありません。すでに尼となっていた女五宮のもとに住み込みで身を寄せるため、つまり、「おひとりさま」の暮らしのために出家したとも考えられます。

女五宮の方でも、女房を抱えるのにはそれなりに費用がかかります。源典侍のような人が尼として仕えてくれるのなら、衣食住を提供するくらいの条件で折り合えるかもしれません。尼の衣装なら質素ですし、しかも源典侍なら若い女房よりコミュ力《りょく》も高く、有能。これは互いにWin-Winの主従関係のように見えます。

一方、朝顔姫は内親王ではなく女王（天皇の女孫）なので、叙されるとすれば品《ほん》ではなく位《い》。

父親王は生前、式部卿宮（式部省の長官）でしたから、皇族のうちでは地位の高い方ですし、彼女も斎院を八年つとめたのですから、ある程度の位《い》があっても良さそうです。

食封がどれだけ律令どおりに運用されていたかどうかは心許ないですが、三人とも少しは収入や蓄えがあったとの設定だったらどうでしょう。でもそれは、一人で大きな邸と使用人をまかなえるほどではなかった、とか。

■桃園邸は平安版・おひとりさまたちのシェアハウス!?

朝顔巻の冒頭によれば、姫は父の服喪によって職を辞してすぐは別の住まいにいたらしいのを、その後、叔母の住まいである桃園邸に移ってきたとあります。もしかしてこれは、「一人で大きな邸は無理。でも、叔母さまとシェアすれば、なんとか暮らしていけるかも」と考えたからかもしれません。

父である桃園式部卿宮から相続した邸が複数あったけれども、全部を維持していくのは難しい。ならば、一つは売るなどして、現在叔母の住まいでもあることだし、父がその名を冠して呼ばれた由緒ある桃園邸だけは守ろう、そんな思案の末の選択という見方もできます。

受け入れた女五宮の方も、「ずいぶん会っていない姪だけど、でも来てくれれば助かるし、私がここを引っ越さなくて良いのなら」と思って、受け入れたのではないでしょうか。

ただこの三人、話が合うようにはあまり見えませんね。独身を通してきた女五宮。同じ独身で

桃園邸はどのように
シェアされていたか？（想像図）

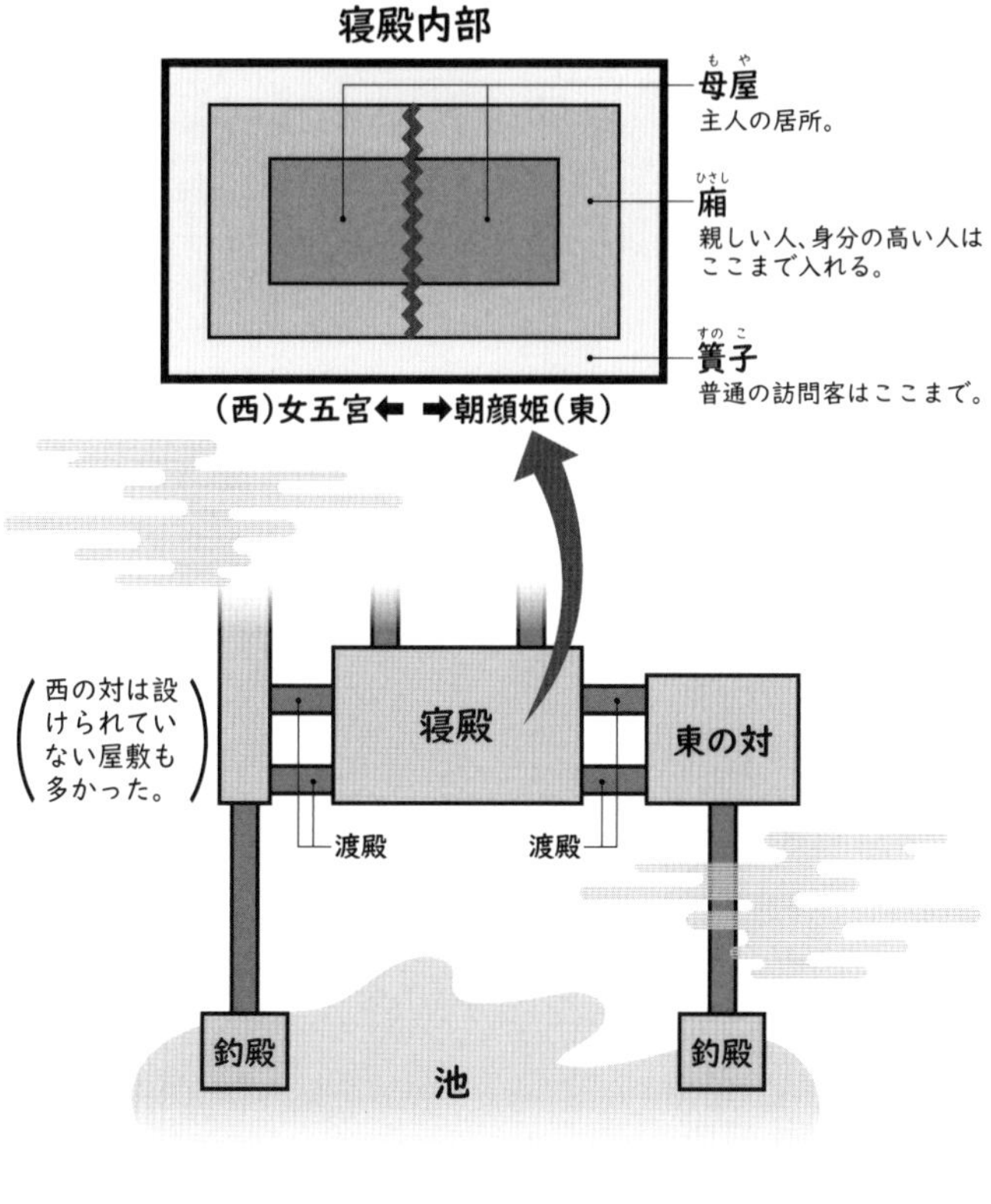

も、皇族女子でなければできない重職に就いて、男子禁制の特殊な環境にいた朝顔姫。そして、宮廷で長く女官を務めながら、多くの男性たちと渡り合ってきた源典侍……。

女五宮「源氏と結婚してみたら？」
朝顔姫「私は一人でいいのです。叔母さまだってずっと一人でやってきたでしょ」
源典侍「姫さま、私が恋の歌の手ほどきを。これでもまだまだ……」
朝顔姫「うるさくてよ！　私は神さまのところが長かったから、今度はちゃんと仏さまのことが知りたいの」
女房たち「でも、姫さま、もったいない」
朝顔姫「なりませぬ。良いことと？　勝手に源氏の君を邸内に入れるような人は、すぐに出て行ってもらいますからね！」

私はつい、こんなわちゃわちゃした会話を朝顔巻に書き足したくなってしまいます。最後には、揃って互いのことを「しょうがないわね」とため息を吐きつつ、でもそれ以上は踏み込まない、大人の女同士。楽しそうです。

桃園邸＝今で言う、おひとりさまたちのシェアハウス。寝殿は半分ずつ使う仕様ですから、姫は叔母と始終顔を合わせるわけではありません。源典侍をはじめとする女房たちも、それぞれに局があるでしょうから、互いに面倒臭くなったら自分のスペースに籠もれば良いわけです。

■平安の「シスターフッド」……女たちの連帯

そういえば、「紫式部日記」には、女房生活についてあれこれ描写されています。出仕した当初は宮仕えを辛く感じていたようですが、次第に己の場所を得ていったらしい紫式部。なかでも小少将《こしょうしょう》の君と呼ばれた朋輩とはかなり気が合ったのか、局をシェアし、「几帳ばかりをへだてに(几帳だけを仕切りにして)」過ごすなど、良い関係を築いていたように見えます。

女性同士の、良い意味での緩い絆、生き延びるための「シスターフッド」。共通の目的をもった女性同士の連帯を意味する言葉として、近年改めて注目されている考え方です。力のある男性による性加害を告白した女性を発端に、ＳＮＳで繋がりが広がった#MeToo 運動などと絡められて取り上げられることもあります。

立場や思想の違いはあっても、「生き延びる」という共通の目的においてはできるだけ助け合おうという考えだと私は理解していますが、桃園邸という空間に流れているのはこうした考えなのかもしれません。だとしたら、仮に「宮の内いとかすか」(朝顔巻) だったとしても (経済的にはやはり質素にせざるを得ないでしょう)、三人はそれなりに暮らしていくのではないか。

同じく女王の身分の紫の上や末摘花は、光源氏の保護下にあって、経済的には何不自由のない暮らしをしています。女房たちも期待したとおり、光源氏を男性として受け入れれば、朝顔姫も

裕福に暮らせるかもしれません。でもそれは、第三講でもお話ししたとおり、光源氏の気持ちや境遇の変化で大きく左右される生き方なのです。

ちなみに紫の上は、自分の死期が近いことを感じた折、仏との縁を願い、出家を望みましたが、出家にせよ死にせよ、紫の上に先んじられることをまったく想定していなかった光源氏はその願いを最後まで許しませんでした（御法巻）。

朝顔巻で、姫は光源氏を拒み通したあと、「年ごろ、沈みつる罪失ふばかり御行なひを（神域に長くいて仏との縁の薄かった罪を軽くするために勤行をしたい）」との希望を漏らしています（こうした心情は、斎宮や斎院経験者に共通する思いとしてしばしば物語などに記述されています）。光源氏と関わったらそれもなかなか許されないでしょうが、桃園邸なら、もう尼になっている「人生の先輩」が何人もいます。

桃園が桃源郷からの連想だとまで言うつもりはありませんが、女たちだけのそんな空間を紫式部が密かに思い描いていたのだとしたら……私の妄想はついつい、止まらないのでした。

第七講　「教ふ」男の「マンスプレイニング」

——紫の上の孤独な「終活」

■初めて女性から「嫌悪される」光源氏

「源氏物語」五十四巻のうち、光源氏が主人公なのは巻四十一の幻《まぼろし》まで。幻巻の次に置かれている雲隠巻は本文がなく、巻名のみ伝わっていて、彼の死を暗示すると解釈するのが通例です。

その雲隠巻までを「正編」、光源氏の子や孫の代について描かれる匂宮《におうのみや》巻以後を「続編」と分ける考え方はすでに平安の末期頃から行われていたようです。明治になると、光源氏が「太上天皇《だいじやうてん》に准《なず》らふ御位《わう》」という、史実には例のない待遇を朝廷から受ける藤裏葉巻までと、それ以降では主題や描写に大きな変質が見られると与謝野晶子が指摘したのを受けて、現在では、藤裏葉巻までを第一部、幻（雲隠）巻までを第二部、それ以後を第三部とみなす考えが広く支持されるようになりました。

この区分で言うと、第一部の終わりで光源氏は三十九歳。第二部はほぼ四十代の間の物語で、本文にある最後の一年では五十二歳ということになります。

まさに一人の賜姓《しせい》貴族（姓をもらって皇族を離れ、貴族になった人）の一代記なのですが、光源氏が三十歳を少し超えたと思われる薄雲巻あたりから、「おやっ?」と思わされる場面が差し挟まれてくることに、気づいた方もいるのではないでしょうか。

その最初は、おそらく薄雲巻のおしまいの方です。

光源氏は、亡き六条御息所の娘（父は即位しないままに早世した皇太子）を養女として、冷泉帝（桐壺院の第十皇子。母は藤壺宮、実は光源氏の子）の後宮に入れます。朱雀帝（桐壺院の第一皇子。母は弘徽殿太后）の御代に斎宮として務めていたことから「斎宮女御《さいぐうのにょうご》」と呼ばれて世に尊重されるようになった彼女（以下、斎宮女御とします）が、光源氏の邸である二条院に里下がりをしてきたことが、薄雲巻では描かれます。

彼女の本来の「家」は母と住んでいた六条の邸。しかし、光源氏の養女として後宮に入ったので、二条院に来ることになったわけです。

斎宮女御を「むげの親ざまに（いっぱしの父親の顔で）」丁重に迎えたはずの光源氏。本来なら他人のはずの彼女の居室で「御簾の中《うち》に入」ってしまうなど、「父」であることを振りかざすのですが、一方で、亡き六条御息所との思い出を語り、挙げ句の果てには、

かやうなる好きがましき方《かた》は、静めがたうのみはべるを、おぼろけに思ひ忍びたる御《おん》後見《うしろみ》とは、思し知らせたまふらむや。あはれとだにのたまはせずは、いかにかひなくはべらむ　（薄雲巻）

（このような色恋についてのことでは、心を抑えにくい性分でございまして、したがって、並大抵ではない忍耐を重ねてあなたを御後見していることがお分かりいただけましょうか。せめて、かわいそうとだけでもおっしゃっていただけないのなら、どんなにはりあいのないことで

しょう）

親として親しく側へ近づけることを良いことに、斎宮女御への恋情を仄めかすのです。苦しめた恋人の忘れ形見で、しかも今は自分の血を引く息子から寵愛を受ける女性への劣情（と敢えて言います）を告白。うわ、いくらなんでもひどいなと思って読んでいると、斎宮女御は「むつかしうて（不快で気味が悪くて）」黙り込んでしまいます。

光源氏もしまったと思ったのか、急に話題を変えてしまい、以後、彼女に対してはこういう態度は慎んだようです。

これまでの女性たちとの色恋とは違い、明らかに相手から恋情の対象にされたことそのものを嫌悪されている。そんな光源氏像が初めて描かれた場面と言えると思います。

■「変態的な理屈」で養女に言い寄る光源氏

それからさらに約四年後の胡蝶《こちょう》巻には、光源氏が別の女性に、もっと「むつかしい」態度を取る場面があります。

この人は、第二講で取り上げた夕顔の忘れ形見で、玉鬘と呼ばれています。父は頭中将（胡蝶巻では内大臣）です。物心もつかぬうちに母夕顔の消息が知れなくなり、乳母の一族に辛うじて守られつつ、四歳の時から九州で育った玉鬘は、二十一歳でやっとのことで京へ戻り、夕顔に仕えていた女房、右近《うこん》と巡り会います。

右近の強い勧めで、実の父ではなく、光源氏のもとに身を寄せることになった玉鬘。次第に、彼女を「光源氏の落胤」と誤解したまま、婿になりたいと申し出てくる人が続々と現れます。

そんな様子を「思ひしことと、をかしう（期待通りだ、おもしろい）」と眺める光源氏ですが、自分自身にも「けしからぬ（あるまじき）」思いがあることを自覚しており、次第にそれを抑えきれなくなり、しばしば玉鬘の居室を訪れるようになります。

初夏の雨上がりの夕方、彼女に亡き夕顔の面影を重ねつつ、歌を詠みかけた光源氏は、とうとう彼女の側に寄って、手を握ってしまうのです。

むつかしと思ひてうつぶしたまへるさま、いみじうなつかしう、手つきのつぶつぶと肥えたまへる、身なり、肌つきのこまやかにうつくしげなるに、なかなかなるもの思ひ添ふ心地したまうて

（胡蝶巻）

（恐ろしいと思ってうつぶしていらっしゃる女君の姿は、たいそう魅力的で、手つきはふくよかに肥えていらっしゃって、体つきや肌合いがきめこまかにかわいらしく見えるので、源氏の君は、かえって恋しさがつのる心地になられて）

養女として引き取ったはずの女性の手をとらえ、その感触に陶酔しているような光源氏の心情

描写には、正直嫌悪感を覚えずにはいられません。このあたりには「いとさかしらなる御親心なりかし（実に厄介な親心である）」との語り手の評言（草子地＝そうしぢ、そうしのち、と呼ばれます）があるのですが、与謝野晶子はここを「変態的な理屈である」と訳しています（『全訳源氏物語』㈡四四三頁、角川文庫）。思い切った意訳ですが、私は思わず、そうだそうだ、と合いの手を入れてしまいました。

さて、もちろん、この前後の玉鬘自身の心情も、「いとうたて（ひどくいやな）」、「むつかし」、「心憂《こころう》く（つらい）」、「わななかるる気色《けしき》（震えている気配）」などと表現されており、どう読んでも恐怖や嫌悪感を催していると言えるでしょう。

しかし、光源氏はさらに恋情を抑えることなく、ついには「御衣《おんぞ》どものけはひは、いとよう紛らはしすべしたまひて、近やかに臥したまへば（お召し物の衣擦れの音は、うまく紛らわせて脱いで、近くに横たわりなさったので）」という、とんでもない行動に出た上、「ゆめ気色なくてを（今日のことは決して人に悟られないように）」と口止めまでして去って行く。

玉鬘は、こんな目に遭うならばどんなに軽んじられても良いから実の親の方へ名乗り出るのだった、と後悔し、やがて体調まで崩してしまいます。

このくだり、たとえば『新編 日本古典文学全集』（小学館）では「源氏は自制する。ここには（中略）自分の身分・地位を顧慮する中年過ぎた男の思慮分別がみられる」との注がわざわざ付いていて（22巻、一八八頁）、これにも正直呆気にとられます。

思慮分別があるなら、そもそも彼女と几帳を隔てず対面すべきではないでしょう。もっと言えば、本来他人なのですし、御簾内にすら入るべきではないのです。

性行為にまでは及ばなかったから、という言い分なのでしょうが、これまでまったく男性と近しく接したことのない若い女性、しかも「父代わりになるから」と引き取って、現状、自分を保護者として頼るしかない人の感情を考えれば、「養父」の立場を利用して側へ寄り、着物を脱いで横になっただけでも十分、気持ち悪すぎる。やはり与謝野晶子の言うとおり、「変態的な理屈」でしかないでしょう。

現代の言葉で言えば、「性暴力」であるとも考えられます。さらに、光源氏と玉鬘がここで「養父と養女」であることを重く考えれば性的虐待と言っても良い。自分が相手に対して圧倒的に強い立場であることをまるで考慮できない、俗に言う「おっさん」の態度である――こう断罪して終わっても良いのですが、今回は、こうした行動に出てしまう光源氏の心理的な特徴について、もう少し掘り下げて考えてみたいと思います。

■「幼子を自分好みに育てて妻に」された紫の上の本心

実は、光源氏の玉鬘に対する劣情については、紫の上が事前にいち早く気づいていて、「うらなくしもうちとけ、頼みきこえたまふらむこそ、心苦しけれ（すっかり打ち解けて、あなたを頼りになさっているとは、お気の毒ですこと）」と皮肉な笑いを浮かべて言っています。

さらに彼女は「我にても、また忍びがたう、もの思はしきをりをりありし御心ざまの、思ひ出でらるる節《ふし》ぶしなくやは（私にしましても、とてもこらえがたく、物思いに沈みがちな折々があり、そうした折のあなたのお心に、今も思い出されるあれこれがありますから）」と我が身に引きつけて述べます。

さて、ここで紫の上が思い出す「節《ふし》ぶし」とは何なのか。これまでの数々の、光源氏の女性関係と解釈する向きもあるようですが、私はそうではないと思うのです。

紫の上自身、玉鬘と同様に光源氏を「保護者」として頼っていた過去があります。もちろん、彼女を強引に連れ去ってきた時点から、光源氏はゆくゆく愛人にするつもりだったので、玉鬘とは境遇が違いますが、紫の上本人の気持ちに添って考えるなら、「保護者がなしくずしに夫になった」わけですから、彼女が玉鬘に「心苦し」と同情を寄せたのは理解できます。

葵巻には、新枕からほどない頃の紫の上の様子が次のように描かれています。

こよなう疎《うと》みきこえたまひて、年ごろよろづに頼みきこえて、まつはしきこえけるこそ、あさましき心なりけれと、悔しうのみ思して、さやかにも見合はせたてまつりたまはず、聞こえ戯《たはぶ》れたまふも、いと苦しうわりなきものに思しむすぼほれて、ありしにもあらずなりたまへる御ありさまを（葵巻）

（光源氏をひどく疎ましく思い申し上げ、長年すべてに頼りに思い、側近くに過ごしていたのは、なんと浅はかな心だったことかと、悔しいとばかりお思いになり、正面からは目も合わせることもなさらず、光源氏が冗談を言いかけておいでになるのも、苦しくやりきれぬものと思いつめて、以前とはすっかりお変わりになったご様子を）

性的対象として扱われたことへの驚きや恐怖、嫌悪感。

社会規範が違うので、現代ならば犯罪に当たるはずの行為を登場人物が平然と行って、全く罰せられていない事例が「源氏物語」では描かれています。夕顔の亡骸を密かに葬ってしまったのは「死体遺棄」でしょうし、紫の上を連れ去ったのは「略取誘拐」でしょう。

中でももっとも多く行われているとみなせるのはレイプ、つまり「不同意性交等罪」（二〇二三年七月十三日改正刑法施行、強制性交等罪と準強制性交等罪から改称された）です。残念ながら「源氏物語」においては、これが疑われる場面がとても多い。記述から明らかにそう感じられる例だけに限っても、被害者（加害者）は空蝉（光源氏）、紫の上（光源氏）、女三宮（柏木）、浮舟（匂宮）が挙げられます。他に、藤壺宮（光源氏）、末摘花（光源氏）、玉鬘（髭黒大将《ひげくろのたいしょう》）、落葉宮《おちばのみや》（夕霧）、中君（匂宮）の組み合わせでも、被害者（加害者）だった場面が想定できます。

「そういう世の中だったから」とか、「その後継続して関係を持っているじゃないか」という人がいますが、だからと言って被害感情、怒りや悲しみがなかったということではないでしょう。

「源氏物語」には、そうした感情も様々な形で書き込まれています。

紫の上は、「略取誘拐」された上に「不同意性交等罪」の被害にまで遭ってしまった。しかし、彼女に逃げ場はありませんから、そんな感情をなんとかやり過ごすしかなかったのでしょう。こうした経緯を乗り越えた上で、構築された夫婦関係だったわけです。

さて、幼い子を、自分の好みどおりの相手に育てて妻とする――ここに存在する快楽とは、もちろん思い通りに育った相手と結ぶ関係にもあるでしょうが、むしろそのプロセス、「相手を教える、指導する」にも大きく由来するのではないでしょうか。

若紫巻では、幼い紫の上を二条院へ連れ去ってきた夜、乳母とともに寝たいと震えながら言う彼女は、光源氏から「『今は、さは大殿籠《おほとのごも》るまじきぞよ』と教へ聞こえたまへば（これからはそんなふうに寝るものではありませんよとお教え申し上げたので）」、泣きながら横になったと書かれています。また、翌朝の場面には、着物にくるまったままで寝ていた彼女を無理に起こして、「『女は心柔らかなるなむよき』など、今より教へきこえたまふ（女性というものは、気持ちの素直なのが良いのですなどと、今からお教え申し上げなさる）」ともあります。

■「教える（教ふ）」光源氏

「教える」（古文では「教ふ」）――光源氏と紫の上との関係には、この動詞が実に頻繁に用いられます。

そもそも彼女を見初め、素性を知った時の思いは「うち語らひて心のままに教へ生《お》ほし立てて見ばや（親しくなって思いのままに教え育ててみたい）」、「いとよう教へてむと思す（ぜひよく教えたいとお思いになる）」（若紫巻）。その後も光源氏は書や箏《そう》など、「よろづの御事どもを教へきこえたまふ（すべてのことをお教え申し上げなさる）」（紅葉賀巻）のです。

それは諸芸に留まりません。光源氏は、須磨での流謫生活を終えて京に戻って三年ほど経った頃、明石君が上京してきます。事態を察して不快感を隠せない紫の上に対し、光源氏はこんな態度に出ます。

「なずらひならぬほどを、思し比ぶるも、悪きわざなめり。我は我と思ひなしたまへ」と、教へきこえたまふ（松風《まつかぜ》巻）

（「比べようもないほど差があるのに、思い比べておいでなのは、良くないことでしょう。自分は自分と思っていらっしゃい」とお教え申し上げる）

他の女性との関係を嫉妬する妻に対し、心得を「教へ」るとは……！

紫の上ももう二十三歳。光源氏との暮らしも十三年になりますが、こうした二人の「教える／教えられる」関係は変わらないどころか、この後もさらに続きます。

例えばその翌年、朝顔巻で光源氏が朝顔姫に執着していることを感じて思い悩む紫の上に対しても「いといたく若びたまへるは誰《た》がならはしきこえたるぞ（本当にひどく大人げなくていらっしゃるのは、誰がお躾申したのでしょう、私はあなたにそんな習慣をつけさせた覚えはないのだけど)」などと言っています。

さらに八年後、三十二歳になった紫の上と、四十歳の光源氏との間でも、同様のやりとりが繰り返されており(若菜上巻)、読んでいるとなんともやりきれない思いとともに「ああ、光源氏もおっさんなんだな」という、身も蓋もない感想を抱いてしまいます。

■「おっさん」はなぜ上から目線なのか?

対話の相手が自分より若く、さらに女性だと特に、無前提に「上から目線」で「教える」ような態度で接してしまう——これは年配男性に限ったことではありませんし、女性でも、若い世代でも、時に「やらかして」しまいますが——それでもやはりそういう振る舞いをしてしまいがちなのは、「おっさん」という俗語がぴったりあてはまるタイプの方が多い気がします。

仕事柄、歴史や文学に関する講演のご依頼をいただくことがよくありますが、お客さまに年配の男性が多いと、私はつい身構える癖がついてしまっています。というのは、講師である私に対して「上から目線」の説教モードで威圧的に、あるいはタメ口《ぐち》で馴れ馴れしく(時にはセクハラまがいの言動もセットで)接してくる人に遭遇する確率が上がるからです。

「女なのによく書けているね」という理解に苦しむ表現で拙作を「評価」されるのはまだ良いほう。「なぜ○○について書かないのか」「××という本は読んだか」などと「説教」してくる

「おっさん」に出くわすことは、決して珍しいことではありません（「○○にはまったく興味がないし、××は読んだけど参考になることはありませんでした」と正直に言うとさらに相手がヒートアップするので不本意ながら言わないことにしています）。

嫌な思いをした折、気晴らしがてらに、SNS上で『おっさんはなぜ上から目線なのか』という書名を思いつきました」と投稿してみたことがあります。すると、「ぜひ書いて！」というコメント（ほとんど女性）とともに、普段の私の投稿のほぼ三倍近い「いいね」をいただきました。一方で、日ごろ、私の投稿にはコメントや「いいね」どころか、おそらく目もくれていないと思しき年配の男性複数から、的外れな親父ギャグで茶化そうとするコメントや、「男は……、それに対して女は……」とコミュニケーションにおける性差（？）について得々と「説明」するコメントなどがいくつもついたので、なんだか余りに予想通り過ぎる反応に、苦笑いを通り越して大笑いしてしまった覚えがあります。

■マンスプレイニング……説明／説教したがる男たち

セクシュアルハラスメントというわけではないけれど、なんだかいつも「上から目線」で「評価」や「説明」、さらには「説教」をされてもやもやする――こんな思いをしている人はどうやら相当多いのだな、でも、この現象はいったい何と呼べば良いのだろうと思っていたら、英語圏の方でまさにこれを表す新語ができていました。

「マンスプレイニング」。「男（man）」と「説明する（explaining）」を組み合わせた言葉です。これをする人という意味の「マンスプレイナー（mansplainer）」は、二〇一〇年にニューヨークタイムズ紙のザ・ワード・オブ・ザ・イヤーの一つに選ばれ、また日本でも「三省堂　辞書を編む人が選ぶ『今年の新語２０２０』」で「マンスプレイニング」が第五位に選ばれています。

　この言葉を生み出したのが誰なのかは明確には分からないようです。ただ浸透したきっかけの一つとされるエッセイ『Men Explain Things to Me』（邦題『説教したがる男たち』ハーン小路恭子訳、左右社）で、筆者であるレベッカ・ソルニットは、「説明／説教したがる男たち」の態度は「自信過剰」と「無知」から生ずると明言し、かつ、それは「若い女性たちの意思を打ち砕き、沈黙に落とし入れる」ものだと指摘します。さらにそうした態度への対応は「ほぼすべての女性が日々経験する戦争」であり、「女性の内面で起きる戦争でもある」とも述べています。

　先ほど光源氏から玉鬘への「性暴力」について言及しましたが、実はこの場面より少し前を読んでいくと、胡蝶巻での光源氏があまりにも多弁であることに驚かされます。

　光源氏の邸に妙齢の姫が引き取られたと聞いて、多くの求婚者が訪問したり、手紙を寄せたりするようになります。光源氏は、それらの手紙をすべて開封して読み、男性からの求婚にはどう応じるべきか、こうした女性の嗜《たしな》みとはどうあるべきか、またそれぞれの男性の長所や短所など、長々と事細かに「説明／説教」します。その中には、男女の間で「便《びん》ないこと（不都合なこと）」が起きるのは「男《をのこ》の咎《とが》にしもあらぬこと（男の罪とも言えない）」などの言葉もあります。

「便ないこと」が指す内容を掘り下げてみると、「保護者の許しがないのに関係を持ってしまう」、「男性が暴力で強引に思いを遂げてしまう」などが考えられます。現代の性暴力の被害者にも未だに向けられがちな、「あなたにも非がある」的な屁理屈が、光源氏の言葉として書かれているのは、なんともやりきれない気分にさせられます。

対する玉鬘の返答はごく短く、しかもほとんど本心ではない。というのは、「実子でもないのに面倒を見てもらっている」負い目や、「光源氏の機嫌を損なったら、実の父にはもう会えないかもしれない」不安を持つ、弱い立場にあるからです。

■深まりゆく紫の上の苦悩

玉鬘は後に、思いがけない形で光源氏のもとを離れていくことになりますが、一方、人生のほとんどを彼のもとで過ごした紫の上はどうなったか。

若菜上巻で起きた女三宮と光源氏との結婚で大きく傷ついた彼女ですが、光源氏の女三宮に対する愛情はあくまで世間体を取り繕ったうわべのものなので、紫の上への心はむしろ深まっているらしいというのが、光源氏の心情に添った理解です。

ただ、紫の上の日々の過ごし方に注目して読んでいくと、若菜下巻に入って、光源氏が夜、彼女のもとで過ごす頻度が明らかに減っていることが分かります。

なぜこの時期、光源氏の不在が多くなったのか。その背景にも、彼の「教える」行動がありました。女三宮の父、朱雀院が五十歳になる。その賀（祝い）の宴が催されるにあたり、朱雀院は「光源氏にお教えいただいているなら、姫の琴の腕はさぞかし上達していることだろう」と、席上で娘の演奏が披露されることを望んだのです。

朱雀院の意向を聞いて、やや慌て気味に琴教授の機会を増やす光源氏は、紫の上に「御暇《いとま》聞こえたまひて、明け暮れ教へきこえたまふ（時間を割くのを断って、明けても暮れても女三宮に琴をお教えになっていた）」のでした。

他の女に何かを「教える」ために自分のもとを不在にしている光源氏。しかも、その宴に向けた練習の場として女楽が催されることになります。女三宮以外の参加者は、すでに帝（朱雀院の皇子）の女御になっていて、目下第三子を懐妊中である明石姫君、その母である明石君、そして紫の上です。

当日、紫の上は女楽参加のために、女三宮の住む寝殿に東の対《たい》から移動します。寝殿に住む方が「主人」ですから、この移動は、改めて紫の上に女三宮との格の違いを認識させることでもあります。

女楽が華やかに行われた後、光源氏は四人の女性を「けしうはあらぬ弟子どもなりかし（わるくはない弟子たちでありましょう）」と褒めて悦に入ります。息子の夕霧を相手にした気楽な戯れ言ではありますが、自分が教えたわけでもない明石の君の琵琶までも、上達したのは自分の薫陶のおかげだと言わんばかりの態度に、「せめてわれ賢《かしこ》にかこちなしたまへば、女房などはすこしつきしろふ（強引に自分のお手柄になさるので、女房たちはそっと突っつき合っている）」有様でした。

女楽の成功に気をよくした光源氏は、紫の上を相手に葵の上、六条御息所、明石の君、そして紫の上自身についてもその人柄や生き方について「評価」を聞かせた後、夕方にはまた女三宮の方へ出かけてしまい、そちらで夜を過ごしてしまいます。

紫の上が発病したのは、まさにこの直後でした。

物語を女房たちに読み聞かせながら、紫の上は、物語に出てくる女たちはたいてい、紆余曲折はあっても最後には頼れる男と出会うようなのに、自分は「あやしく浮きても過ぐしつる（どうしようもなく漂ったまま）」と我が身を辿り、最後には、

げに、のたまひつるやうに、人よりことなる宿世《すくせ》もありける身ながら、人の忍びがたく飽かぬことにするもの思ひ離れぬ身にてややみなむとすらん、あぢきなくもあるかな

（若菜下巻）

（確かに、光源氏がおっしゃったように、人並み外れた運命ではあったのかもしれないが、誰もが堪えがたく不満に感じる物思いについては、その苦しみが離れることのない身のままで生涯を終わるものらしい、味気ないことである）

との思いに至って、そのまま発病してしまうのです。

以後、病がちになった紫の上は、二条院へと移り、四年余の闘病を経た末に、亡くなってしまいます。人生のすべてを光源氏に支配されたままで終わったのだろうかと、なんだか気の毒に思うのは私だけでしょうか。

■紫式部が、紫の上の精一杯の「終活」を描いた意味

でも、ほんの一箇所だけですが、いくらか救いのような描写を、見いだすことができました。

亡くなる年の三月、死が近いことを覚悟している紫の上は出家を望んでいますが、光源氏はどうしても許しません。そんな中、彼女は、法華経千部供養という盛大な法会を、二条院で自ら主催して執り行います。


ことごとしきさまにも聞こえたまはざりければ、くはしきことどもも知らせたまはざりけるに、女の御おきてにてはいたり深く、仏の道にさへ通ひたまひける御心のほどなどを、院はいと限りなしと見たてまつりたまひて、ただおほかたの御しつらひ、何かのことばかりをなむ、営ませたまひける　（御法巻）

（さほど大がかりなことだとも上は申しあげられなかったので、院は儀式の詳細などはお教えにならなかったのに、女の身のお取り計らいとしては行き届いていて、仏道にまでも深く通じて

いらっしゃる上のご教養などを、院はまことにどこまですぐれたお方かと感心申されて、ごく一通りの室内の調度その他のことぐらいを、お世話なさるのだった)

仏の道。これだけは、光源氏に教わらず、紫の上は自分で学び、法会を立派に滞りなく主催したというのです。

仏教の影響が強く、往生や来世への望みを切実に持つ人が多かった当時にあって、晩年、仏を身近に感じて暮らすことは人々の理想でした。当時の「終活」は、仏道とともにあったのです。

紫の上が二条院へ移って闘病している間に、六条院では女三宮と柏木(太政大臣=かつての頭中将の長男)との密通事件が起こり、女三宮は男子(後の薫《かおる》)を産んだのちに出家、柏木は病の果てに亡くなってしまいました。

そんな六条院の悲劇を耳にしつつも、紫の上は心の平穏を仏道に求めたのでしょう。それは光源氏から「教えられる」ものではなく、彼女がかろうじて自ら選び取った世界でした。

この法会のあと、紫の上は、明石君や花散里らにさりげなく別れの歌を贈り、やがて明石姫君(この時点ですでに中宮になっている)に手を取られて「消えゆく露の」ように亡くなります。

紫の上を光源氏の腕の中で死なせなかった「源氏物語」。「教える/教えられる」関係からようやく逃れ得た境地が、ここにしかなかったことの意味は、あまりにも大きいと思います。

第八講　「都合の良い女」の自尊心

――花散里と「ルッキズム」

■源氏物語と「ルッキズム」

編集部と打ち合わせを重ねる中で、「ぜひルッキズム（外見至上主義）についても取り上げてほしい」との要望が。

確かに、これは避けて通りたくないテーマです。

なにしろ、「源氏物語」の人物は、多くが容姿に恵まれた人。ただ興味深いことは、美しいとされる人の描写はとても多いのに、それらは具体性には乏しく、「うるはし（整っている）」「うつくし（かわいい）」などの抽象的な表現と、あとは花のありように喩えるなどの表現がほとんどなので、いったい平安の美人とは？　となると、絵巻物に見られる「引目鉤鼻」を思い浮かべるしかないのです。

あれが美人？　というのには疑問を持つ方もあるでしょう。「外見」に対する評価のあり方とは人が所属する社会によって変わるものだという認識も、現代ではずいぶん広まってきました。

さて、ルッキズムへの言及が日本でよく聞かれるようになったのは最近という印象で、例えば『情報・知識 imidas』（集英社）に登場したのは二〇一五年、『現代用語の基礎知識』（自由国民社）には二〇二一年となっています。しかし、この言葉そのものの成立は古く、一九七〇年代にはすでに用いられていたようです。

また言葉そのものは使われていなくても、いわゆる「ミス・コンテスト」的なイベントへの異議申し立てが、日本でも一九七九年時点で既に行われていたりするなど（山本（山口）典子「ミス・コンテストに象徴される女性への人権侵害」『日本大学大学院総合社会情報研究科紀要』No.18）、こうした「外見」をめぐる問題は、私たちにとって常に身近なものとして存在してきました。

二〇二三年の現在において、「外見」の問題に悩む人が多いのは、今さら指摘するまでもないことかと思います。むしろ、SNSの普及や美容整形の技術の進化などのために、その傾向がいっそう強まっているように感じている人も多いでしょう。かく言う私自身も、容姿への劣等感には子どもの頃からずっと悩まされ、未だに振り回されてしまうことが多々あります。

ただ、他の差別の原因となる事象と違って、「美人／かわいいか、そうでないか」は、究極的には「個人の主観」でしかありません。

たとえば採用や昇進などが、仕事の能力と関係ない「外見で左右された」と感じている人がいて、周りの人も「そんな気がする」と思ったとしても、それを訴えて証明することは、ほとんど不可能に近い。だからこそ、この悩みは深いのかもしれません。

社会における「美醜」をめぐる問題について、学問的に考察している吉澤夏子は、「美という評価基準は確かに厳然と存在しいたるところで機能しているが、そのことでいくら理不尽な思いをしたとしても、そうした美醜をめぐる葛藤や不平等感をすべて社会的な『差別』問題に回収することはできない、ということだ。『ブスであること』で何らかの社会的不利益を被るという事態が完全になくなる、とはいまのところ考えにくい」としつつも、次のように述べています。

容貌・容姿へのあからさまなまなざしや評価行為が、それ自体品性に欠ける好ましくないものだという認識が社会的に定着しつつあり、そうした現象が淘汰されていく過程にある、ということである。

（『「個人的なもの」と想像力』九〇頁、勁草書房）

実際、たとえば芸人さんの世界でも「容姿いじり」や外見についての「自虐ネタ」が消えつつあることなども鑑みると、これはぜひ心に留めておくべきことだと思います。

私も、自分の言動に気をつけるのはもちろんのことですが、人の外見についてやたらに話題にする人とは、可能な限り距離を置くよう、心がけてもいます。また、たとえ褒め言葉であっても、不用意に外見に言及することそのものを、「品性に欠ける」「不快」と感じる人が増えているのは、日常でも感じられます。

さて、「源氏物語」は、光源氏という男性の一代記で、かつそのメインテーマは女性たちとの恋愛なので、描かれるのはあくまで彼の「個人の主観」による美意識ということになりますが、そんな物語の中で、ルッキズムがどう作用しているか、この講では考察してみたいと思います。

■「見られてはいけない」女たち

ルッキズムというと、「見る／見られる」ことをどうとらえるかについて考えなくてはなりません。ご存じの方も多いと思いますが、「源氏物語」の時代、皇族や貴族の女性たちは、できるだけ姿を人に見られないように暮らすことを良しとしていました。

この規範意識は、身分の高い人ほど強く保つべきであるとされたので、最高位の身分である内親王（皇女）に至っては、その姿は父や夫以外、決して見られない／見られてはいけないものだったのです。

第四～七講にも登場した女三宮は、若い貴公子たちが六条院の庭で蹴鞠に興じていた時、飼い猫の引き起こしたアクシデントのせいで夕霧（光源氏の長男）と柏木（頭中将＝若菜上巻時点では太政大臣の長男）に姿を見られてしまいます。以前から彼女に憧れており、叔母（母の妹）である朧月夜を通じて降嫁を願い出たものの叶わなかった柏木は、思いがけず見えたその姿に「胸ふとふたがりて（胸がどうにもいっぱいになって）」しまいます。

一方、その場を冷静に見ていた夕霧の方は、姿を見られるような振る舞いをした女三宮を「軽々《かろがろ》しと思」い、こんなふうだから「内々《うちうち》の御心ざしぬるき（光源氏が実のところはあまり愛情を熱く注いではいらっしゃらない）」様子なのだと「思ひおとさる（見下す気持ちになる）」ようになります。

この場面から分かることは二つ。この時代、身分ある女性との恋は、相手の容貌を知らぬままに始まること、そして、容易に姿を見られる女は侮られること、です。

「紫式部日記」には、紫式部が女房づとめを辛く思っていたらしい記述があちこちに見られますが、これは、宮仕えをすれば、多くの人に自分の姿を見られざるを得ないというのが、大きな理由のひとつだと思われます。紫式部と同じ職場の女房のうち、「上臈《じょうろう》（元々の身分家柄が高く、女房としての序列が上とされている人たち）」たちは、用件があって訪ねてくる公卿に対し、「対面したまふこと難《かた》し。また会ひても、何ごとをかはかばかしくのたまふべくも見えず（対面なさることはめったにない。また応対に出ても物事をはきはきとおっしゃるようにも見えない）」という態度であったとされています。

しかもそれは、知識や気配りが足りないからではなく、「つつまし、恥づかし（慎みがあって、恥ずかしい）」から、「ほのかなるけはひをも見えじ（ほんの少しの気配まで見られまいとする）」のだと言うのです。こうした上臈たちの態度について、紫式部は次のようにも記しています。

かかるまじらひなりぬれば、こよなきあて人《びと》も、みな世にしたがふなるを、ただ姫君ながらのもてなしにぞ、みなものしたまふ

（「紫式部日記」）

（このようなおつとめの暮らしに入れば、このうえなく高貴な人でも、みな世間のしきたりに従うものだと言いますが、こちらの上臈の方々は、相変わらず姫君のままの振る舞いを、みなさんなさっています）

人に見られない＝姫君のたしなみであり、特権でもあるということでしょう。第三講の折に、末摘花には容貌が劣るせいで悩んでいるらしき描写がない点に言及しましたが、それは彼女がずっと姫君として暮らしていて、人から見られることを意識する機会がほとんどなかったからに他なりません。

末摘花にとって光源氏は、肉親（父、兄）以外で、姿形をはっきり見られたおそらく唯一の男性。彼は末摘花の容姿について、顔のみならず、装束や体格に至るまで、残酷なまでに手厳しいまなざしを注いで「評価」していますが、それは一切、末摘花本人に伝わっていませんし、また他の人に漏らすこともありませんでした（幼い紫の上にだけは、ほんの少しほのめかしたことがありますが）。末摘花がルッキズムに悩まずに済んだのは、彼女の生活環境と光源氏の沈黙のおかげと言えるでしょう。

■花散里はどのような人物と描かれているか

では他に、ルッキズムで悩みそうな登場人物は？　と見渡してみると――いました。花散里と呼ばれる女性です。

この人と光源氏が関係を持つようになった経緯は、原文にはほとんど書かれていません。大和和紀の『あさきゆめみし』では、それでは分かりにくいとの配慮からでしょうか、二人が知り合ってから男女の仲になるまでのエピソードが創作、加筆されていますが、原文では、「故桐壺院（光源氏の父）の後宮で麗景殿女御《れいけいでんのにょうご》と呼ばれていた方の妹」だと出自が簡略に紹介された後に、次のように描かれているのみです。

内裏《うち》わたりにてはかなうほのめきたまひしなごりの、例の御心なれば、さすがに忘れも果てたまはず、わざともてなしたまはぬに、人の御心をのみ尽くし果てたまふべかめるをも（花散里巻）

（以前宮中あたりではかないお約束を交わすぐらいのご縁があった後、光源氏は例のご性分で、さすがにすっかり忘れておしまいにはならず、かといって表立った扱いもなさらないので、女君はこれ以上の物思いは尽くせないというほどお心を乱されていらっしゃったようなのを）

姉が女御だったというのですから、父か祖父は大臣クラスの人であった可能性が高いのですが、おそらく、花散里の結婚相手を決める前に亡くなってしまったのでしょう。この女御は桐壺院との間に子ももうけておらず、この時点で姉妹ともに光源氏の経済的な援助を受けていたとあります。

書かれていない過去を「既成事実」として前提に取り込んで次の物語を進めていくのは「源氏物語」ではしばしば見られる手法です。おそらく、長編として書き継ぐにあたって、新しい登場人物の造型が必要になったのでしょう。ただし、これ以後の花散里の扱われ方を見ると、光源氏にとっては「都合の良い」、作者にとっては「主役級の女君たちとは別の思い入れのある」キャラクターとして変化していったのかなと思われます。

彼女の呼び名の由来でもある花散里巻では、光源氏は父を失った後、弘徽殿太后（朱雀帝の母）と右大臣（弘徽殿太后の父で、朱雀帝の祖父）から政治的に強い圧迫を受け、一時的に京を離れた方が良いのではとまで思うようになっています。

世情を憚って自分から離れていく人も多い中で、はかない仲であってさえ、変わらずに自分を待っていてくれた女性として、光源氏の心に確かな存在感を残した花散里は、彼が後に京の中央政界に復帰すると、重要な役割を果たすようになります。

松風巻で光源氏の邸である二条東院に引き取られた花散里は、母を失った夕霧の母代わりを担います。

やがて少女《おとめ》巻で六条院が完成すると、四つある建物のうちの、北東の御殿に住まわされ、「夏の御方」と呼ばれるように。ここには引き続き夕霧が同居していますし、さらに、光源氏に保護された玉鬘の住まいもここに定められて、花散里は彼女の母代わりの役割も担います。

明石君の産んだ女子を引き取って東南の御殿に住む紫の上は「春の上」と呼ばれてもいました。「御方」は「上」よりは敬意の低い呼称ですが、それでも、「春の上」と対になるような「夏の御方」の響きからは、六条院に住む女性として、紫の上に次ぐ地位を獲得したことが感じられるのではないでしょうか。

紫の上と花散里には、他にも共通点があります。二人とも、染色や裁縫など、衣服を仕立てる能力に長けていたのです。現代では、いわゆる女子力（？）として取り上げられやすいのは料理のようですが、「源氏物語」の時代では、衣服を調えられることが重要視されていました（料理は身分の低い者、使用人の領域とされることが多かったようです）。「落窪物語」のヒロインは裁縫の名手とされていますし、「蜻蛉日記」でも夫の衣服を仕立てる話題がたびたび登場します。

花散里がその能力の高い人とされるのは、光源氏にとって「役に立つ」女性として物語の中で生き続けるためなのです。

■花散里の「容姿」

光源氏との恋模様も十分に描かれないような、はかない登場だった女性が、物語の進行につれて存在感を増す。こうなると紫の上とだって肩を並べられそうですが、彼女はある一点において、どうあっても「紫の上を脅かさない人」として描かれます。

その決定的なポイントが「容姿」でした。

花散里は、最初の登場で「御心をのみ尽くし果てたまふ」とあった後は、一貫して嫉妬や恨みがましい態度を見せない、光源氏にとって「心やすげ（気楽）」（澪標巻）な性格として描かれていきます。二条東院でも六条院でも、光源氏の訪れは少ないので、紫の上に比べると愛情が劣ることは読者にも明白ですが、彼女の容姿については特に触れられないまま、物語は進みます。それがはじめて、はっきり言及されるのは少女巻。しかもそれを「見て」「評価」するのは光源氏ではなく、夕霧です。

幼なじみの雲居雁（頭中将＝ここでは内大臣の次女）との仲を認められず、それまで過ごしていた祖母（頭中将と葵の上の母）の邸に居づらくなった夕霧。光源氏の計らいで夕霧は二条東院に居室を持ち、日常の世話を花散里からしてもらうようになるのですが、その母代わりの人に接して、夕霧は次のような感想を抱くのです。

ほのかになど見たてまつるにも、容貌《かたち》のまほならずもおはしけるかな。かかる人をも、人は思ひ棄てたまはざりけり　（少女巻）

（ちらっとなどお顔を拝見しても、顔立ちはあまり良くない方でいらっしゃるな。このような方をも、父はお見捨てにならなかったのだ）

続けて夕霧は、「気立ての優しい人だから妻とするには良いだろう」とも思うのですが、一方で「ずっと向かい合っているには気の毒」とも思って、光源氏の花散里への接し方が、丁重ではあるけれども少し隔てのある、気を遣う態度であると観察しています。夕霧はさらに、もとからの容貌が良くない上に、いくらか老けた印象で、痩せて髪が少ないとまで、容赦ない評価を心に刻んでしまいました（もちろん口に出したり、他人に漏らしたりはしていませんが）。

この夕霧の観察と感想を、光源氏の目を通して改めて映し出す場面が初音巻にあります。六条院が完成して最初の正月、三十六歳になった光源氏は四つの御殿を順に訪ねます。「あてやかに（品よく）」暮らしている花散里とは「御心の隔てもなく、あはれなる御仲らひ（心の通じ合った、しみじみした仲）」であり、「今はあながちに近やかなる御ありさまももてなしきこえたまはざりけり（今では、しいて共寝をするようなお扱いもなさらないのだった）」、つまり、仲は良いけれどセックスレスだというのです。

その隔てない人を光源氏は心中密かにこう観察しています。


縹《はなだ》はげににほひ多からぬあはひにて、御髪《みぐし》などもいたく盛り過ぎにけり。やさしき方にあらねど、葡萄鬘《えびかづら》してぞつくろひたまふべき　（初音巻）

（縹色のお召物はやはり色合いもあまり引き立たず、御髪などもひどく盛りを過ぎているのだった。優美なものではないが、かもじを添えて手入れなさったらよかろうに）


縹（薄い藍色）の衣装はもともと、光源氏が選んだもの。紫の上や明石君と比べて、どうしても地味になりがちな花散里。髪が薄いことへの言及も、夕霧の観察と同じです。

自分でそれを分かっているのでしょう、実は光源氏と対面するにあたり、花散里は几帳を隔てて姿を隠したのですが、光源氏はそれを押しやって直接彼女と向き合おうとした。そして、彼女はそれにはもう抵抗しなかったのです。

見たければ、お好きにどうぞ。だって、私が美しくないことは、よくご存じでしょう？　そんな台詞が聞こえてきそうです。

容赦なく、美しくない彼女を見て取ってしまった光源氏ですが、ただそれでも、この飾り気のない有様でいてくれるのが良いのだ――そう思い直して、改めて彼女の「御心」を評価します。

■穏やかな人柄の花散里による、鋭い「人間観察」のまなざし

「嫉妬しない」「共寝をしない」「飾り気のない」花散里。似たような描写は蛍巻でも繰り返されて、彼女の印象を決定づけているのですが、そこにちょっと、これまでと違う面白い場面が加わってきます。

玉鬘の登場で、若い貴公子が集う機会が多くなった六条院で、五月五日の端午の節句に、騎射(うまゆみ。馬に乗ったままで弓を射る)の催しが行われました。六条院のイベントは、春の御殿を中心に行われることが多いのですが、この騎射は夕霧が中心人物であり、かつ、参加する男性たちには、玉鬘について知りたいという下心があるので、夏の御殿が舞台でした。もてなしなどの万端は当然、花散里の指図で行われたわけですが、すべてそつなくこなしてくれた彼女をねぎらおうと、珍しく光源氏はその晩、花散里と共に過ごすことにします。

共寝はしないけれど、終始和やかに話す二人。その会話の中で光源氏がその日の客の一人であった兵部卿宮《ひょうぶきょうのみや》（光源氏の異母弟）について話題にすると、花散里はこんなことを口にするのです。

御弟にこそものしたまへど、ねびまさりてぞ見えたまひける。年ごろ、かく折過《をりす》ぐさず渡り、睦《むつ》びきこえたまふと聞きはべれど、昔の内裏《うち》わたりにてほの見たてまつりしのち、おぼつかなしかし。いとよくこそ容貌《かたち》などねびまさりたまひにけれ。帥親王《そちのみこ》よくものしたまふめれど、けはひ劣りて、大君《おほきみ》けしきにぞものしたまひける（蛍巻）

（宮は御弟君でいらっしゃいますが、あなた様よりお年上のようにお見えでした。長年、こうした折には欠かさずお越しになって、御仲むつまじくしておいでになるとうかがっておりますが、昔の宮中あたりでちらとお見あげしてからは、お見かけしておりません。お顔だちなども、年とともにほんとにご立派になられました。帥親王は容貌は整っておいでのようですが、風情では劣っていて、親王というよりは孫王ぐらいのお品でいらっしゃいました）

花散里の言葉に、光源氏は内心「鋭い」と思いますが、にやりとするだけで、それ以上コメントしません（帥親王も光源氏の異母弟の一人です）。さらに花散里は、他にもその日の参加者たちについてあれこれと評したらしいのですが、その内容は詳述されず、光源氏がそれを否定も肯定もせずに黙って聞いていたとだけ書かれています。

光源氏に嫉妬も見せず、たまに会えばいつもおだやか、にこやか――そんな花散里が、案外辛辣に男たちを「見て」、その「評価」を口にしている。ほんの数行、特にストーリーが動くわけでもない場面ですが、こんな描写に出会うと、おや？　と思わず目が留まります。

容貌が劣っていて、光源氏に常に安らぎを与え、若い世代の面倒もよく見て、家事能力も高い。そういう人は、きっと人の外見を手厳しくあげつらったりしないだろう……。もしかしたら私自身、こうした先入観を持って花散里のイメージを勝手に読み取っていたのかもしれません。

■紫式部の実体験の投影？

と同時に、こうした花散里像には、紫式部の宮仕え経験が投影されているのではないか、と考えるに至りました。

『紫式部日記』では、中宮彰子（藤原道長の長女、一条天皇の后）のもとへ出仕したばかりの頃、なかなか同僚たちに打ち解けてもらえず苦労したこと、物語の作者としてある程度名が知れていたために、皆から敬遠、警戒されていたこと、その状態から抜け出すために、人前では極力知識をひけらかさないよう心がけていたことなどが書かれています。

彼女のこうした「素の自分」を隠しての処世術は、ほどなく功を奏したらしく、同僚たちから「あやしきまでおいらか（不思議なまでにおっとりした）」人という評価を得るまでに至ります。

これは主人である彰子も同じだったらしく「いとうちとけては見えじとなむ思ひしかど、人よりけにむつましうなりにたるこそ（とても心を許して接したりできない人だろうと思っていましたが、他の人よりむしろ親しくなってしまいましたね）」との言葉をかけられてもいます。

一方で、「紫式部日記」には、清少納言や和泉式部、赤染衛門といった同時代の才女たち（和泉と赤染は同僚でもあります）や、同僚だった多くの女性たちについて、文才や歌才、容姿などをつぶさに観察し、感じたことが、かなり克明に書き残されています。

作者の自画像が投影された「源氏物語」の人物というと、「容貌はさほどでもないが立ち居振る舞いが行き届いた人」と光源氏から評される、空蟬がまず取り上げられますが、彼女は宮仕えの経験者ではありません。

女御であった姉と共に宮中の暮らしを体験した花散里なら、女房でこそないものの、多くの人に立ち交じる智恵を身につけうる立場です。こうした姉に寄り添う宮中の女性では、有名な例として、定子《ていし／さだこ》（藤原道隆長女、一条天皇后、清少納言の主人として知られる）の妹の御匣殿があります。彼女は定子の死後、そのまだ幼い遺児たちの養育にあたり、密かに天皇から寵愛を受けたりもしています。

麗景殿女御は定子とは違い、弘徽殿太后や藤壺中宮らに気圧されて、桐壺帝の後宮では趣味の良い人とは認められつつも、どうしても影が薄かった存在として描かれています。花散里は、姉が女房たちにさえ打ち明けられなかった寂しさや辛さを理解し、支える妹であった——書かれていないことをあまり想像し過ぎるのは慎まないといけませんが、そんな女性であれば、たまにしか会えない光源氏を辛抱強く待てる人として造型し直しても、無理なく物語に溶け込めそうです。

そんな設定と、紫式部自身の経験を生かして、花散里の人物像は少しずつ形作られたのではないでしょうか。花散里巻でごく短く書かれた「御心をのみ尽くし果て」るほどの悩み。女御として家の期待を背負って桐壺帝の後宮に入った姉を近くで見ていた彼女は、容貌が優れているわけでもない自分がなぜ光源氏と関われたのか、またこれからも関わりたいとすればどうすれば良いのか、考え抜いたということでしょう。

姉である女御の死は明確には記されていませんが、存命の頃から姉妹の暮らしは光源氏の援助を頼りにしていたとありますから、姉がいなくなれば、花散里の選択肢はおそらく二つ。どこかへ女房づとめに出るか、あくまで光源氏を頼って暮らすか、になります。

女房づとめに出れば、自分の姿は人目にさらされる。しかもそこには「あの女御の妹だった人が、今では」と、いくらか哀れみも含まれるだろう。「紫式部日記」の上臈たちはまさにそんな思いをしている人たちです。

それよりは光源氏を頼る方が良い。ならばと心を決めて、男女問わず外見に恵まれた人の多い光源氏の周囲で、そうでない自分が生きていける可能性を探すことにした。嫉妬を見せず表情おだやかで、他の女性が産んだ子たちを快くまめに世話し、家事能力を磨き、しかも決して他の「美人」であろう女性たちよりでしゃばったりしない――ある意味、光源氏にとって常に「都合の良い女」であり続けることで、彼女は生き延び、物語が進めば進むほど存在感を増すのです。

そうした「都合の良い女」が実は秘めている鋭いまなざし。これが、多くの貴公子が六条院の夏の御殿に集まった日に光源氏の前でふと露わになった。光源氏とは既に、彼が夜に滞在することがあっても、はじめから帳台（ベッド）を別々に設《しつら》えるような仲ですから、花散里にもちょっとだけ、余裕というか油断というか、素の自分を光源氏の前で出してしまってもいいやという気持ちがあったということなのでしょう。

■義理の息子・夕霧の恋の相談相手を

そんな彼女を、どうやらとても頼りに思うようになっていたとされるのが、夕霧です。

十二歳の時から花散里を母代わりとしていた夕霧は、十八歳になってようやく、初恋を実らせて雲居雁と結婚します。光源氏と違って夕霧の相手は、雲居雁の他には、惟光（光源氏の乳母の息子で、腹心の部下）の長女で、典侍《ないしのすけ》として宮中に仕えている女性だけ。彼の身分境遇からすれば珍しい「まめ人（真面目な男）」なのですが、結婚からおよそ十年後、そのまめ人が、周りが思わず眉を顰めるような恋愛沙汰を引き起こしてしまいます。

相手は夫（柏木）に先立たれた女二宮（朱雀帝皇女）。父に似ず恋に不慣れな彼は、なかなか彼女に心を開いてもらうことができず、挙げ句の果てにかなりまずいやり方で彼女に近づいて、彼女の母を失意の内に死なせ、さらにはとても強引な方法で女二宮を自分のものにしてしまうのです。

怒った雲居雁は子どもたちを連れて父太政大臣（頭中将）の家に行ってしまい、夕霧が迎えに行っても許そうとしません。この成り行きに、柏木と雲居雁、両方の父である太政大臣は大いに胸を痛め、光源氏も嘆きます。

夕霧と雲居雁の喧嘩は、いくらかコメディタッチで描かれていて、最終的には離婚などの深刻な事態は避けられるのですが、この中に、こんな場面があります。

心配する光源氏は夕霧から事情を聞き出そうとしますが、ムキになってしまっている夕霧は父の言葉に耳を貸そうとはしません。あちらからもこちらからも不興を買い、しかも当の女二宮からもまるで歓迎されていない夕霧は、疲れ果てた心を束の間、花散里のもとで癒やそうとします。


東《ひむがし》の上《うへ》、「一条の宮渡したてまつりたまへることと、かの大殿わたりなどに聞こゆる、いかなる御ことにかは」と、いとおほどかにのたまふ　（夕霧巻）

（花散里は「一条の宮（女二宮）さまを山荘からもとのお屋敷にお移し申し上げなさったと、あの太政大臣さまのあたりなどでお噂申しているのは、どのようなことなのですか」と、とてもおっとりとお尋ねになる）

花散里の呼称が「上」であることが注目されます。「源氏物語」では場面や登場人物に応じて細かく呼称が使い分けられており、ここでは夕霧の目を通した、御殿の女主人としての側面に焦点が当たっているのです。

父にはまともに答えず、はぐらかした夕霧でしたが、花散里には懸命に自分の心づもりを伝えます（几帳を隔てて対面していきます）。いくらか嘘も交じるのですが、それがかえって、理解して欲しい必死さとなっているのを、彼女はおだやかに聞いてやりつつも、「三条の姫（雲居雁）の気持ちも考えてあげないといけませんよ」と戒めることも忘れません。

そんな花散里の光源氏への「御心」を、夕霧は紫の上と並べて「めでたきもの（ご立派なもの）」と褒めますが、花散里はそれに対して「夫から冷たくされても腹を立てない女の手本として褒めてくださるようでは、私の評判が悪いことが露わになってしまいますね」とユーモアを交えつつも明らかな皮肉を込めて切り返します。これは、夕霧の女性に対する態度が、時としてデリカシーを欠くことを暗に戒めたようにも取れます。「私のような女にだって自尊心はあるのですよ」といったところでしょうか。

実の母と息子でも、こんな話題をこうおだやかに率直に語り合うのは難しいでしょう。花散里も、夕霧にはそれなりに心を許していたのかもしれません。さらには、こんな言葉を漏らします。

さて、をかしきことは、院の、みづからの御癖をば人知らぬやうに、いささかあだあだしき御心づかひをば、大事《だいじ》と思《おぼ》いて、戒め申したまふ、後言《しりうごと》にも聞こえたまふめる

こそ、賢《さか》しだつ人の、おのが上《うへ》知らぬやうにおぼえはべれ（夕霧巻）

（それはそれとして、おもしろいことは、院がご自分のお癖を人が知らないかのように棚上げなさって、息子であるあなたに少しでも浮気めいたおふるまいがあると、大騒ぎなさって、ご意見を申されたり、陰で愚痴ったりなさるようですが、賢ぶる人ほど、自分のことは何も分からないものだという気がいたします）

見事な光源氏への観察と批評、そして皮肉。これには夕霧も大きくうなずいて、これまでの鬱憤も晴れたように「げにをかし」と思ってしまいます。さぞ、ここへ来た甲斐があったと思ったことでしょう。

■押し込めていた本心

容姿に恵まれない花散里が、物語後半では、冷静で気楽な観察者として、また血のつながらない息子に慕われる母としても描かれる。もしかしたら、光源氏の周りにいる、他の美人の誰よりも、花散里は幸せな居場所を見つけているのかもしれない――そうは思いつつも、やはり美人でない女は控えめに、弁《わきま》えているしかないのだろうか、という恨みめいた思いが、読者としては残ります。

花散里本人の心情描写には、「かばかりの宿世《すくせ》なりける身にこそあらめと思ひなしつつ（この程度の縁、宿命の身なのだと敢えて思うことにして）」（薄雲巻）などの諦めの言葉が目立つのですが、一箇所だけ、「そうは言っても心底にしまっている思いがある」描写と解釈できそうな箇所があります。

これまでも何度か取り上げている、若菜上巻から始まる、女三宮の降嫁。その新婚三日目の紫の上の様子について、こんな描写があるのです。

他《こと》御方々よりも、「いかに思すらむ。もとより思ひ離れたる人々は、なかなか心安きを」など、おもむけつつ、とぶらひきこえたまふもあるを、「かく推し量《はか》る人こそ、なかなか苦しけれ。世の中もいと常なきものを、などてかさのみは思ひ悩まむ」など思す　（若菜上巻）

（他の御方々から「どのようにお思いでいらっしゃいましょうか。私どものように、はじめからあきらめております人々などは、かえって気が楽でございますが」などと、こちらの気を探りつつお見舞い申される方もあるが、紫の上は、「こうして慮《おもんぱか》ってくれる人の方がかえって辛いこと。この世の中はまことに無常なのだから、どうしてそう悩んでばかりいられようか」などとお思いになる）

他の女性たちからの、「お見舞い」という形をした、しかしどこか嫌味で、「これでやっとあなたも、私のような者の心が少しはお分かりでしょう」ぐらいの冷たさの滲む言葉。寄越したのが誰か、はっきりとは書いてありませんが、登場人物から判断すれば、花散里か明石君ということになるでしょう。

ここからは推測になりますが、この時点で明石君は、すでに春宮の女御になった娘に付き添って宮中にいて、忙しく、かつ張り合いのある日々を過ごしているはず。「方々」「人々」とおぼめかした書き方になっていますが、この文の主は花散里と考える方が、これまでの設定や描写との整合性が高い気がします。

とはいえ、はっきりとそう書いてしまうと、紫の上に同情しながら読んでいる多くの読者から、花散里が強い反感を買ってしまうかもしれない。それは避けたい。けれど、ずっと一番に愛されてきた紫の上の陰で、「光源氏の妻の一人でいるだけで十分」「一番愛されたいなんて高望み」と自制と忍耐を重ねてきた人がいることにも、ここで触れておきたい——そんな作者の、花散里への配慮が、このおぼめかした短い描写にあるのかもしれません。

光源氏と出会ったからこそありえた日々を、おそらく花散里は後悔していないでしょう。でも、出会っていなかったら、花散里のことだけを愛した人もいたかもしれないのに。こう思う読者は、きっと私一人ではないと思います。

第九講　平安の「ステップファミリー」

——苦悩する母たちと娘の「婚活」

■物語は光源氏のいない世界へ

幻巻で紫の上の死を悼み続ける光源氏の姿が描かれたあと、巻名のみ伝わる雲隠巻によってその死が暗示され、「源氏物語」のいわゆる正編（第一部、第二部）は幕を閉じます。

第三部にあたるその後の十三巻は、橋姫《はしひめ》巻から夢浮橋《ゆめのうきはし》巻までが「宇治十帖」と呼ばれ、ストーリーがきっちりとつながっているのに対して、その前に置かれた匂宮巻、紅梅《こうばい》巻、竹河《たけかわ》巻の三つは、他の巻とのつながりが希薄で、ストーリーもこれといった流れがありません。それでも、匂宮巻は正編のおさらいと宇治十帖の男性メインキャストの紹介といった趣があるのですが、紅梅巻と竹河巻は、そこで描かれた人間関係について、その後の宇治十帖で触れられることはほとんどなく、尻切れトンボに終わってしまった感さえあります。

こうしたことから、この三つの巻、特に紅梅と竹河については、作者が紫式部ではないのではないかという説さえ出されてきました。私は、今回改めて読み返してみて、登場人物の関係や展開の類似などから、紅梅と竹河は、紫式部が宇治十帖のテーマや人物造型を模索するために書いてみたパイロット版、試作品みたいなものではないかと考えるに至りました。

現在、活字で一般に読むことのできる「源氏物語」の本においては、「紅梅・竹河」の順に並んでいることがほとんどですが、物語内の時間経過を丁寧に追っていくと、実際には竹河巻が薫

（表向きには光源氏の次男。母は女三宮。実父は柏木）が十四歳から二十三歳までのことが描かれているのに対し、紅梅巻は薫が二十四歳の時の出来事と推定できるので、竹河巻の方が先であった可能性があります。実際、古い史料の中には、この順序が逆になっているものも見つかっています。史料から厳密に検証する試みは、今回言及できる範囲を越えてしまうので、省かせていただきますが、私は宇治十帖の構想につながるテーマの発展という点から、「竹河・紅梅」の順だった可能性を考えています。

■シングルマザー玉鬘による、娘たちの婚活物語……「竹河」

竹河巻で描かれるのは、夫を亡くした妻が、遺された娘たちの結婚をめぐって苦労する話です。主役は、第七講に登場した玉鬘。頭中将の娘だったのに光源氏に引き取られるなど、何かと苦労した女性です。当初、光源氏の異母弟である蛍兵部卿宮と結婚するのかな？　と思われた玉鬘でしたが、実際に夫になったのは、髭黒大将とあだ名される、別の貴族男性でした。

髭黒大将は、後々大臣にまで出世し、玉鬘もそれなりに落ち着いた人生を送っていましたが、残念ながら先立たれ、玉鬘は三男二女を抱え、シングルマザーになりました。

息子たちはなんとか成人して朝廷に出仕していますが、まだ若いのと、父の髭黒の大臣（大将）が生前、あまり人づきあいが良くなかったらしいのとで、必ずしも前途洋々というわけでもありません。そんな中で、玉鬘は年頃の娘二人の結婚相手をあれこれ思案して選ぶのですが、これがいずれも裏目に出て、あちこちから不評や恨みを買うのみならず、ついには長女との親子仲まで悪化してしまう……という、なんとも気の毒な展開です。

ただ、気の毒なことになったというだけで、この話そのものは、先ほども言った通り、あまりその後の宇治十帖とは絡んできません。単発のスピンオフといったところです。

■「ステップファミリー」の婚活が描かれる「紅梅」

一方の紅梅。こちらもやはり、娘の縁談に悩む母の姿が描かれるという共通点がありますが、大きく違うのは、ここで母が悩む原因が、複雑な家族構成にある点です。この巻で悩む母、真木《まき》柱君《ばしらのきみ》と通称される女性は、髭黒大将の娘。ただし、母は玉鬘ではありません。

父の髭黒大将は、玉鬘と結婚するにあたり、先妻と離婚しています。真木柱君は弟が二人いる長女で、母親といっしょに、祖父（兵部卿宮、後に式部卿に転ずる。紫の上の父）のもとに引き取られ（真木柱巻）、そこで育ちました（一方、弟たちは髭黒邸で継母の玉鬘に育てられます）。

成長して、やがて結婚した相手は光源氏の異母弟の蛍兵部卿宮。しかし、年の差も影響してか、その夫婦仲は良好とは言えないまま、蛍兵部卿宮が亡くなり、真木柱君は娘一人を抱えてシングルマザーになります。そんな彼女が再婚した相手が、紅梅大納言と通称される男性。この人は柏木の弟で、正妻に先立たれていたのでした。

大納言にも二人の姫があり、互いに子連れでの再婚。幸い夫婦仲は睦まじく、二人の間には男君も生まれ――という状況説明から、紅梅巻の物語は始まります。

成人した三人の娘。大納言はまず、自分の長女を皇太子（母は明石中宮）の後宮に入れ、さらに「次女は匂宮に」と心づもりします（匂宮は皇太子の弟。光源氏の孫にあたる）。

一方で大納言は、「わが方ざまをのみ思ひ急ぐやうなるも、心苦しなど思して（実子の娘たちのことばかり考えて準備をするようなのも、心苦しいと考えて）」、真木柱君の連れ子の姫（宮《みや》の御方《おんかた》と呼ばれています）の今後について妻に意向を尋ね、「分け隔てせず、結婚に向けて後ろ盾になる」と伝えますが、真木柱君の方はこれにとても複雑な答え方をします。

「さらにさやうの世づきたるさま、思ひ立つべきにもあらぬけしきなれば、なかなかならむことは、心苦しかるべし。御宿世《おんすくせ》にまかせて、世にあらむ限りは見たてまつらむ。後《のち》ぞあはれにうしろめたけれど、世を背く方にても、おのづから人笑へに、あはつけきことなくて、過ぐしたまはなむ」など、うち泣きて、御心ばせの思ふやうなることをぞ聞こえたまふ　（紅梅巻）

（「まったくそうした世間並みのことは、考えようともしない様子なので、中途半端な人との縁では、気の毒なことになりそうです。ご運命にまかせて、私が生きている間はお世話申すつもりです。死後はかわいそうで心配ですが、仏門に入ってでも、自然と人の笑いものになり、軽薄なことにならぬよう、お過ごしになってほしい」と、涙ぐんで、娘の人柄が理想的である

ことを申し上げておいでになる）

亡き実父、蛍兵部卿宮は光源氏の異母弟、つまり桐壺帝の子どもで、親王なので、その娘である宮の御方は「女王《じょおう／にょおう》」です。高貴な血筋、父の名誉を台無しにするような半端な結婚をさせるくらいなら、独身のまま尼にさせた方が良い――こう言いつつも、娘の美質について、夫に訴えずにはいられない母。他にもいろいろ、口には出せぬ思いがありそうです。

この真木柱君の言葉は、宇治十帖で八宮《はちのみや》（光源氏の異母弟。過去に、皇位継承問題に巻き込まれたことがあり、京を離れ、宇治で二人の娘とともに隠棲生活を送っている）が、娘たちに遺す訓戒に、ニュアンスがとてもよく似ています。長くなりますが、宇治十帖のヒロイン、大君、中君の行動の指針となる言葉なので原文を引用しておきましょう。

去りなむ後《うしろ》のこと知るべきことにはあらねど、わが身一つにあらず、過ぎたまひにし御面伏《おんおもてぶせ》に、軽々しき心ども使ひたまふな。おぼろけのよすがならで、人の言《こと》にうちなびき、この山里をあくがれたまふな。ただ、かう人に違《たが》ひたる契り異なる身と思しなして、ここに世を尽くしてむと思ひとりたまへ。ひたぶるに思ひしなせば、事にもあらず過ぎぬる年月なりけり。まして、女は、さる方に絶え籠りて、いちじるくいとほしげなるよそのもどきを負はざらむなむよかるべき（椎本《しいがもと》巻）

（世を去った後のことは知りようもないことではあるが、私一人だけではなく、亡くなられた母君にとっても不名誉となりそうな軽々しい考えは、お二人とも起こされぬように。よほど頼りになるご縁でなければ、人の言葉を迂闊に信じて、この山里をお離れになってはなりません。ただ、このように並の人とは違う運命を持った身なのだとお思いになり、ここで一生を終わるのだと覚悟なさってください。一途にその気になれば、何事もなく過ぎてしまう年月であることです。まして女は、女らしく家に籠もって暮らし、目立ってみっともなく世間からの後ろ指を指されないようにするのが良いでしょう）

高貴な家に生まれた女たちの抱える生きづらさ。正編でも繰り返し取り上げられてきたテーマですが、竹河でも紅梅でも、これを「母の側から」見た時の心痛として、もう一度とらえ直そうとしているようにも見えますし、宇治十帖の発端にもこのモチーフが使われたと言えそうです（こちらは母でなく父＝八宮ですが）。

■「継父母」「継子」「異父・異母きょうだい」が多かった平安時代

さて、ここでは玉鬘と真木柱君との違いに着目してみましょう。

真木柱君が思わず涙ぐむほど娘を不憫に思うのは、再婚した夫にも娘がいて、夫がそちらをなんとかするのに夢中だったからと考えるべきでしょう。長女が皇太子の後宮に入るについては、彼女は義理の母としてかなり尽力しています。だからこそ、夫も彼女の連れ子に関心を持つに至ったのでしょうが、真木柱君のこれまでの心中は複雑だったはずです。

夫がようやく自分の連れ子を顧みてくれただけでもありがたい。そうは思いつつも、心の底には、「あなたの娘が宮中に上がるに当たっては私もずいぶん協力しましたよね。氏素性から言えば、皇族の血を引く私の娘の方が、天皇や皇太子、あるいは匂宮（世間では次の皇太子候補と目されています）と縁づくにはふさわしいくらいのはずなのに」と、少なからず不満を抱いていたのでは？　彼女が涙ぐんだ背景に、こうした深読みをしたくなる読者もいるかもしれません。

子連れ同士の再婚、ステップファミリーだからこそ生まれた悩みといえるのではないでしょうか。

ステップファミリーとは、血縁のない親子関係・兄弟姉妹関係が生じた家庭を言う英語です。「一九七〇年代に入って離婚が急増したアメリカで『再婚による家族』を表す語として定着し、日本でも使われるようになった」（『日本大百科全書（ニッポニカ）』小学館）とのことです。

令和の現代においては、同性婚などがこれから認められたりしていくことで、さらに新たな形のステップファミリーが生じていく可能性があります。血縁だけによらない家族の新しい形を前向きにとらえて、少しでも差別や偏見のない世界になれば良いと、私は祈るような気持ちがあるのですが、残念ながら現実には、児童虐待などの遠因になるケースもあるようで、軽々しく語るのは憚られます。

また、ステップファミリーの言葉は現代のものですが、こうした親子・家族関係は昔から身近に存在しています。「源氏物語」の時代には、この関係がとても生じやすい状態にありました。男性が複数の女性と関わることは当然のように容認されていましたから、異母きょうだいがいるのは普通。また女性が再婚する例も多いので、紅梅大納言家のような家族構成は珍しいことではありませんでした。作者の紫式部にも、異母弟妹がいたらしいことが分かっています。

そのせいでしょうか、この時代の「よくある物語」の例には、必ずと言って良いほど、「継子物語」が挙げられます。正編の蛍巻では、光源氏が娘の明石姫君のために物語の草紙を用意する場面がありますが、「継母《ままはは》の腹きたなき」ものが多いとして、姫君にとっては継母となる紫の上を慮り、そうしたものは姫君の周囲からは遠ざけるように指図しています（もちろん、「継父」や「養父」だって実際には危ういのは、第七講の玉鬘と光源氏の関係で見たとおりですが、なぜか「源氏物語」以外の物語では、あまり「継父」「養父」がつらい仕打ちをする例を見かけません。ただ、継子につらくあたる妻を放置していると書かれていることが多いので、それはそれで虐待だと言わざるを得ません）。

さて、妻の連れ子にようやく関心を持った大納言。ただ、この時代のことなので、女王である宮の御方が、継父である大納言に姿を見せることはありません。それどころか彼女は、母にさえ「さやかにはをささし向かひたてまつりたまはず（はっきりとお顔を正面からお見せ申し上げることもなさらず）」という、身分出自にふさわしい振る舞いをする人なのです。

しかし大納言は、この継娘の様子をどうしても知りたく思い、妻が長女に付き添って宮中へ参上している留守に（！）、彼女の部屋へ行き、簾の前に座って声をかけます。その気配から「自分の実娘たちよりも優れているかもしれない」と焦り、さらに音楽の話題でなんとか会話を重ねて、彼女の様子をもっと詳しく知ろうとします。

おやおや、大丈夫か？　幸い大納言は大それたことはしないものの、宮の御方が結局自分に打ち解けてくれないので、大いに機嫌を損ねてしまいます。

その後、大納言が自分の次女の婿にしたいと思っている匂宮が、実は宮の御方の方に強い関心を持っていることが分かり、真木柱君があれこれと思い悩む、というところで、紅梅巻は終わってしまいます。宮の御方はどうなるのか、大納言と真木柱君の夫婦仲はこれから……と、続きが知りたくなるのですが、残念ながらそれは書かれていません。

■「召人」というキーワード

宇治十帖の後半、宿木《やどりぎ》巻からは、別のステップファミリーの問題が次第に大きく浮上してきて、物語の主筋となっていくことになります。先に「竹河と紅梅は試作品かも」とお話ししたのは、そのためです。ただ、新たなステップファミリーの物語には、「子連れ同士の再婚」に加え、もう一つ、重要なキーワードがあります。それは「召人」です。

召人とは、女房として仕えている人が、主人筋にあたる男性から性愛の対象とされている場合に使われる呼称です。「源氏物語」では、光源氏の召人として、葵の上付きの中納言君、光源氏付きの中将君《ちゅうじょうのきみ》、中務君《なかつかさのきみ》の名が挙がるほか、頭中将、夕霧、蛍兵部卿宮、髭黒大将にもそれぞれ召人がいることが点描されています。

史実においても、藤原道長には複数の召人の存在が推定できますし、紫式部にもその疑いがかけられています（今のところはあくまで「疑い」としか言いようがありません）。また紫式部の同僚だった和泉式部は、中宮彰子に出仕する前は、敦道親王（冷泉天皇第四皇子。第六講もご参照ください）の恋人でしたが、これは世間から見れば「召してこそ使はせたまはめ（女房として家に置けばよろしいでしょう）」と言われるような関係だったと「和泉式部日記」にはあります。

この敦道親王は、和泉式部と恋愛関係にあった当時、兄が皇太子で、状況によっては次の皇太子になる可能性がないでもなかったなど、宇治十帖のメインキャストの一人、匂宮と共通点があるのも興味深いところです。

匂宮は、宇治の中君と結ばれますが、母である明石中宮は、彼が頻繁に宇治へ通うのを快く思わず、「御心につきて思す人あらば、ここに参らせて、例《れい》ざまにのどやかにもてなしたまへ（お気に入りの人があるなら、私か、女一宮〈匂宮の姉、明石中宮の長女〉のところに出仕させて、いつものような扱い＝召人になさい）」と度々忠告します（総角《あげまき》巻）。

女王の出自を持つ人が、召人扱いされてしまいそうになるわびしさもさることながら、明石中宮や女一宮のもとに匂宮の召人が何人もいるらしいことが知られ、ああやっぱりそういう男なのねーと、現代の読者としては（予想通りではありつつも）がっかりしてしまう描写です。

■薫は、匂宮よりも真面目で誠実な男か？

では、主役の薫はどうなのか、というと――。

なぜか一般的には、「女性にグイグイいく匂宮と、対照的に真面目で奥手な薫」というイメージがあるようですが、召人という存在に注目して読んでみると決してそうでないことが分かります。

宿木巻では、女三宮（薫の母）のもとに仕えて、按察君《あぜちのきみ》と呼ばれる女房の局で、薫が一夜を明かした場面が描かれます。亡くなってしまった大君、匂宮のものとなってしまった中君、二人への思慕を抱えつつ、薫は按察君にも、何の躊躇もなくその場限りの甘い言葉を囁いて去って行く。按察君という召し名（女房としての通名）からは、おそらく近親者に上達部クラスの人がいたであろうことが推測されるのですが、今となってはやはり他家に仕える身で、薫にとっては取るに足りないということなのでしょう。

続いて、女三宮に仕える女房たちの様子が、こんなふうに描写されています。

かりそめの戯《たはぶ》れ言《ごと》をも言ひそめたまへる人の、気近《けぢか》くて見たてまつらばやとのみ思ひきこゆるにや、あながちに、世を背きたまへる宮の御方に、縁《えん》を尋ねつつ参り集まりてさぶらふも、あはれなることほどほどにつけつつ多かるべし（宿木巻）

（その場限りの戯れのお言葉でもおかけになった女たちが、せめておそば近くでお姿だけでも拝していたいとばかりお慕い申しあげるからか、ご出家の御身である母宮のもとに、強引にでも縁故を求めて何人も参り集まってお仕えしているのも、悲しくせつない思いをしている者が身分もさまざまに多いようである）

通常、出家して尼になった人のもとにいる女房集団というのは、主人に長く仕えて同じく尼になった人を中心に、少ない人数で構成されるものなのですが、ここは薫との傳い関係（ワンナイト？　くらいでしょうか）をきっかけに、おそらく若い女房たちが何人も新たに出仕してきているというのです。当人たちの性格や振る舞いが軽くて明るいかやや暗くて重々しいか、くらいの違いはあれど、匂宮も薫もやっていることは実は大して変わらない——そんな気がしてきます。

こうした薫の女性関係のあり方の根っこにある思いは、匂宮巻で既に暗示されています。幼い頃からの環境の不自然さや、女房たちのひそひそ話などから、なんとなく自分の出生の秘密に感づいていた薫。やがて成人したその心情はというと。

中将は、世の中を深くあぢきなきものに思ひすましたる心なれば、なかなか心とどめて、行き離れがたき思ひや残らむなど思ふに、わづらはしき思ひあらむあたりにかかづらはむはつつましくなど思ひ棄てたまふ

（匂宮巻）

（中将は、俗世を味気ないものと深く悟りきった気持ちなので、なまじ女性に執着心をいだいたりしては、未練が残って出家の妨げになるだろうなどと考えて、面倒なことになりそうなあたりと関係を持つのは控えておくべきだろうなどと断念していらっしゃる）

仏道に入りたい思いを妨げる人間関係のことを「絆《ほだ》し」と言います。要するに、薫は絆しになりそうな女とは関係したくないと、ごく若い頃から思っていた。裏返せば、召人ならば責任を取らなくて良いから構わない（！）、ということなのです。

■聖人・八宮とその召人・中将君の関係

そんな薫が、仏道への思いから宇治の八宮と交流を持ち、その結果、それまでのこうした恋愛へのスタンスを破って大君に執着することになる。ところが大君は薫を受け入れることなく病死し、遺された彼は、既に匂宮のものになってしまった中君に、断ちがたい未練を持ち続ける羽目になります。

薫の思いに困惑した中君が「実は……」と明かしたのが、異母妹の存在でした。後の読者からは浮舟と呼ばれる、八宮の三女。彼女の母は八宮家の女房の一人で当時は中将君と呼ばれていたこと、亡くなった北の方（大君と中君の母）の姪でもあったこと、身ごもったことで八宮からは疎まれ、ひっそりと宮家を去っていったことが、次第に明らかになります。

召人から生まれた子はどうなるのか。これは、父である男性の意志次第。公に子と認めて、母親の方もそれまでより良い扱いをしてもらえる場合もありますが、あくまでケースバイケースです。中将君のように、子も認められず、自分も職場を失って、「未婚のシングルマザー」の状態になることも、珍しくはなかったようです。

仏道に精進する聖人君子のように描かれていた八宮にそんな過去があった――。違和感を持つ読者もあるかもしれませんが、先に言及した「いずれ仏道に入りたい」と志す薫の思いと言動とを照らし合わせれば、決して不自然ではありません。八宮のような男でさえ、召人は持つし、その召人が身ごもっても責任を取ろうとさえ思わない。むしろ、関わったすべての女を救おうとした(第四講をご参照ください)光源氏が超人的だったのだ、とさえ思えてきます。

結局、世の品高き男のリアルな姿はだいたいこんなもの――宇治十帖が描こうとしている世界は、正編よりもさらに現実を冷徹に写したものになっているのかもしれません。

■シングルマザー中将君の子連れ再婚

さてそんな中将君は、八宮との間にできた娘を連れて結婚しています。相手は、物語では常陸介《ひたちのすけ》と呼ばれていて、前職は陸奥守《むつのかみ》であったとも書かれます。メインキャストの男性たちとは並ぶべくもない身分ですが、いわゆる受領《ずりょう》階級と呼ばれる中ではそれなりに有能そうな人物です。

中君から浮舟の存在を知らされた薫の意向は、ほどなく中将君に伝えられるのですが、その反

応は芳しいものではありませんでした。中将君は、薫のような高貴な男性であれば、いくら娘に執心とはいえ、「しょせん女三宮のところの女房にされて、召人扱いされるだけだろう」と考えて、まずはまともに取り合いません。その心中には、八宮への苦い思いがありました。

故宮の御ありさまは、いと情々《なさけなさけ》しくめでたくをかしくおはせしかど、人数にも思さざりしかば、いかばかりかは心憂くつらかりし。この、いと言ふかひなく、情《なさけ》なく、さまあしき人なれど、ひたおもむきに二心なきを見れば、心やすくて年ごろをも過ぐしつるなり（東屋《あずまや》巻）

（故八宮のご様子は、まことに情があってご立派でお美しくいらっしゃいましたけれど、私のことは人並の者ともお思いくださらなかったので、どんなに情けなくつらかったことか。今の夫の常陸介は、まったくお話にもならぬ、風情のない、見苦しい人だけれど、ただ一筋に私だけを妻としているのを見ると、安心して何年も過ごしてきているのです）

外見も地位も恵まれているけれど愛人としてしか扱ってくれない人と、どちらもそこそこだけどたった一人の妻として扱ってくれる人。後者の方が良いに決まっているでしょう？

中将君の言葉は、現代の私たちには納得しやすいのですが、身分、階級、血筋に圧倒的な優位があった「源氏物語」の時代においては、必ずしも揺るぎないものではなかったようで、宇治十帖の後半では、母娘ともに薫と匂宮に翻弄されていくことになります。それについては第十一講以降にお話しすることにして、今回は、その翻弄されるきっかけともなった、当時のステップファミリーだからこそ起きてしまった悲劇を追っておきましょう。

■妻の連れ子に冷淡な夫

「心やすくて年ごろをも過ぐし」てきたと語る中将君ですが、ことが娘の縁談に関わると、その夫婦仲は怪しくなります。中将君は浮舟を連れての結婚でしたが、常陸介の方にも連れ子がありました。それも一人ではなく、物語内で触れられているだけでも、一男二女が確認できます。さらに中将君との間にも娘が複数あると書かれています。

夫の連れ子の女子二人がそれぞれまあまあの男と縁付くことができたので、中将君は今度はと浮舟の婿選びに奔走します。ところが、妻には「二心なき」良い夫である常陸介も、実子でない浮舟には何かと冷淡で、「他人《ことひと》と思ひ隔てたる心（他人と思って差別する心）」がある。中将君の方では、実父譲りの美貌と気品が備わった浮舟に、なんとか良縁をと思いますが、夫はまったく協力してくれません。

やがて左近《さこん》少将という求婚者が現れ、縁談がまとまりかけるのですが、実は左近少将のめあては常陸介の財力や人脈。「自分を経済的、政治的に後見してくれる人の娘であれば、女の見た目なんてこだわらない」とまで言い放つ打算的な人物で、浮舟が常陸介の実子でないことが分かると、まだ幼い妹に乗り換えてしまいます。

一方、口のうまい仲人から、自分の実の娘こそが望まれていると聞かされて得意になる常陸介。甲斐甲斐しく結婚の支度にかかると、中将君が婚儀のためにと用意しておいた部屋から浮舟を追いだし、そっくりそのまま妹娘の新居とします。

あまりにも思いやりのない仕打ち。中将君は夫だけでなく、八宮のことも改めて思い返して恨みに思います。妹娘も浮舟も自分の子には違いないのですが、こうなるとさすがに姉を差し置いて妹の婚儀に注力する気にはなれません。と言って、夫の意向をまるで無視もできないので、せめて浮舟の身だけでもいったん別のところに移そうと、昔の縁を辿って中君に保護を求めます。

後から思うと、これが浮舟をその名のごとく身を彷徨《さまよ》わせる発端になるのですが、この時の中将君は、子連れ同士の結婚ゆえにつらい思いをさせ、傷つけてしまった娘をなんとかしてやりたい、ただその一心から行動しています。

■「召人の子」浮舟の運命と、紫式部の経験

召人の子として生まれ、実の父に認められず、母の結婚相手からは冷たい仕打ちを受けて、追い出されるように家から出る。そんな生い立ちの女子が、実は何人も召人のいるような薫に望まれるのみならず、異母姉の夫であり、やはり召人の多い匂宮からも執着される……。なんとも皮肉な巡り合わせです。

先にお話ししたように、正編にも召人の存在は触れられていましたが、ここまで物語の前面に出てくることはありませんでした。同じく、ステップファミリーについても、例えば空蟬の後日談として、「夫亡き後、継子に言いよられて困り果て、それがきっかけとなって出家した」などのトラブルが断片的に語られることはありました（関屋《せきや》巻）が、そうした問題が物語の主筋に据えられることはありませんでした。

作者紫式部の出自は、系図を遡ると、道長の正妻、源倫子とは遠縁にあたるなど、中将君の立場と少しだけですが重なり合うところがあります。また、夫である藤原宣孝《のぶたか》と死別した後には、彼が他の女との間にもうけた娘と歌をやりとりして、故人を偲ぶなどの経験もしていたようです。さらに、物語を書き継ぐのと並行して続けてきた女房づとめの中では、道長をはじめとする主人筋の男たちの立ち居振る舞い、そして彼らから召人として扱われた女性たちを、ごく身近に多く見てきたはずです。

宇治十帖は、光源氏という、大きなサーガ（第四講をご参照ください）を背負った人が消えた後、「ただ世の常の人ざまに、めでたくあてになまめかしくおはする（ただ世間普通の人らしく、立派で高貴で優美でいらっしゃる）」（匂宮巻）男性二人を主役としています。それだけに、むしろ正編よりも紫式部にとって身近で、よりリアルな人間模様が描かれていると考えながら、読み解いていって良いのかもしれません。

第十講　宇治十帖の世界と「男たちの絆」

――「欲望の三角形」が発動する時

■二人の主役

光源氏が亡くなったことを暗示する雲隠巻の次、いわゆる「源氏物語」の第三部は、次のように始まっています。

光隠れたまひにし後《のち》、かの御影にたちつぎたまふべき人、そこらの御末々にありがたかりけり。遜位《おりゐ》の帝《みかど》をかけたてまつらむはかたじけなし、当代の三の宮、その同じ殿《おとど》にて生《お》ひ出《い》でたまひし宮の若君と、この二《ふた》ところなむとりどりにきよらなる御名とりたまひて、げにいとなべてならぬ御ありさまどもなれど、いとまばゆき際《きは》にはおはせざるべし　（匂宮巻）

（光源氏がこの世からお隠れになったのち、あの輝くお姿のあとをお継ぎになれそうな人は、大勢のご子孫のなかにもいらっしゃらないのであった。退位なさった帝（冷泉院）のことをあれこれ申しあげるのは畏れ多いことであり、今上の三の宮と、その宮と同じ御殿でお育ちになった女三宮腹の若君、このお二方が、それぞれに気高くお美しいとのご評判で、なるほどどちらも並一通りではないご様子ではあるけれど、まったく見るもまぶしいといったほどというわけではいらっしゃらないようである）

これからの主役となるべき貴公子を二人、提示する冒頭です。一人は、明石中宮（光源氏の娘）の子、つまり光源氏の孫にあたる第三皇子。もう一人は、女三宮が産んだ男子。世間では光源氏の次男として扱われていますが、正編を読んできた読者は、本当の父が別人であることを当然知っています。

主役が男性二人だとなると、読者としては、きっと一人の女性をめぐって三角関係になるにちがいないと予想しますし、実際そう展開もするのですが、近年、こうした関係を考察する際、必ずといっていいほど用いられるのが、ルネ・ジラールの「欲望の三角形」という考え方です。

■ジラールの「欲望の三角形」

ジラール（一九二三〜二〇一五、フランス出身、思想家、文芸評論家）によれば、「人間は自発的に何かを欲望することはできず、欲望をそそのかす媒体を必要とする」（『集英社世界文学大事典』／『欲望の現象学』古田幸男訳、法政大学出版局）。

つまり、人が何かが欲しいと思ったり、誰かに恋心を抱いたりする時には、往々にして「別の誰か」がそれを欲しがっている。そして、むしろ、その「別の誰か」と自分との関係の方が、実は自分にとって重要だったりする、というのです。

夏目漱石の「こころ」などを、この考え方から分析したりという試みも行われていますが、この三角形について、フェミニズムの立場からとらえ直したイヴ・K・セジウィックはさらにこう言っています。

性愛の三角形では、愛の主体と対象を結びつける絆よりも、ライヴァル同士の絆のほうがずっと強固であり行為と選択を決定する、というのが彼（ジラール：引用者注）の見解のようだ。（中略）彼が最も精力的に暴き出したのは男同士の絆、と言えるだろう。

（『男同士の絆』三二－三三頁、上原早苗・亀澤美由紀訳、名古屋大学出版会）

ジラールやセジウィックが分析したのは主にヨーロッパの近代文学ですが、この図式が日本の現代社会や文学を考察する上でも有効なことは、上野千鶴子が『女ぎらい』（朝日文庫）でも述べているとおりです。また、「源氏物語」の研究においても、神田龍身『物語文学、その解体』（有精堂出版）をはじめとして、この図式による考察が行われています。第一部で言えば、末摘花や源典侍をめぐる、頭中将と光源氏との関係を思い出してみればよく分かります。

頭中将が末摘花の存在を知ったのは、光源氏のあとを付けていたからです。また光源氏の方も、当初それほど強く心を惹かれていたわけではないのに、頭中将も彼女に迫り始めたと知ると、急に熱心に言いよるようになります（末摘花巻）。容易に姿を見ることのできない宮家の姫君だからこその展開ではありますが、そうでない場合でも同じ事が起きたのが源典侍です（紅葉賀巻）。

宮中に仕える女官の中で、老いてなお色恋に意欲を燃やし、異彩を放っていた源典侍を面白く思って、戯れの恋をしかけてみた光源氏。それを知った頭中将は、光源氏の真似をして彼女と関係を持つ。典侍ですから、彼女がどういう女性かは頭中将も当然前から知っていたはず。それをあえて関係を持ってみようと思った理由は、「光源氏がそうしたから」に他なりません。

光源氏に引けを取りたくない。彼が何を欲しているのか知りたい。頭中将にとっては、相手の女性よりも、光源氏の方がずっと重要な存在だというわけです。

とはいえ、やはり正編は光源氏の「サーガ」であり「ビルドゥングスロマン」なので（第四講参照）、主役は光源氏であり、頭中将は引き立て役でしかありません。二人の争いは、最終的には常に光源氏が勝つに決まっているのです。

ただこの二つのエピソードでは、戦利品が「醜女」や「老女」であることで、光源氏の勝利そのものの価値が下げられ、それが結果愚かな話、笑い話ということにされているのです。本筋ではなく、重苦しい話題の間に挟まれて緊張を和らげる、コメディリリーフのような扱いで、実は男同士が女をネタにしてじゃれ合っているだけ。「ホモソーシャル」の最たるものといえます。

■薫の出生の秘密

ところが、これが宇治十帖になると変わってきます。

物語では、光源氏の孫の一人が匂宮、女三宮から産まれた子が薫と呼ばれます。実は宇治十帖では、この二人が互いに相手の「欲望」を推測（時に妄想）したり、真似したり、挑発したりといったことが、物語の一番の推進力になるのです。

正編に見られた、官位官職の上昇や、後宮争いといった「権力闘争」は、宇治十帖ではまったくと言っていいほど物語の主筋になりません。それはたとえば、薫の出生の秘密の扱われ方にも現れています。

正編を読み進んできた読者ならば、薫の出生の秘密がどう扱われるかに、必ず関心を持つと思います。同じように「不義」の結果として子どもが生まれた正編でのエピソードと比べてみましょう。

藤壺宮が産んだ皇子が、実は光源氏の子である。この秘密が弘徽殿女御やその父・右大臣らに知れたら、自分たちは確実に身の破滅――藤壺宮も光源氏も、この事実の重さをずっと抱えていました。皇子が皇太子に選ばれてからは、その重大さは計り知れないものとなり、藤壺宮は中宮でありながら出家するという思い切った行動に出て、秘密を守りました。また、真実を知った冷泉院は、皇統の乱れに悩み、そのことが光源氏を「太上天皇《だいじやうてんわう》に准《なず》らふ御位」に導きます。

では、薫の出生にまつわる秘密は物語においてどんな意味を持つだろうか？　そう期待して読み進めていくと、いささか肩透かしというか、ああ、これそのものは主筋にはならないんだと思わされる展開になっていくのです。

まず、初登場の匂宮巻時点で、薫本人が「幼心地《をさなごこち》にほの聞きたまひ」ていたことがあり、おおよその事情に見当が付いていると書かれています。おそらく女房などの噂話を耳にしたのでしょう。これは、周りが厳重に慎んで秘匿していた冷泉院とはまるで違った状況です。

さらに薫は、実父である柏木（頭中将の長男）の乳母の子で、最後まで側近く仕えていた女房に出会います（匂宮巻、紅梅巻、竹河巻に続く、宇治十帖の発端である橋姫巻）。その乳母に自分の出生にまつわる子細を伝えられるとともに、柏木の遺書まで手渡されてしまうのです。

ずいぶんあっさり本人に明かされてしまう秘密。ただ、物語内を見渡してみると、この秘密を握ったからといって、薫にも、母である女三宮にも、それを利用してことさらに彼らを陥れようというような明確な敵が存在しないことに気づきます。

冷泉院も、今上帝《きんじょう》も、薫のことはとても重んじている。また、右大臣として重きをなす夕霧（光源氏の長男）は、実はおおよそ「異母弟の秘密」に気づいているけれども（本当の父・柏木は夕霧の親友）、むしろ事情を知りつつも弟を大切にしてやりたいと思っている。その夕霧にも政敵らしい政敵は見当たらない。つまり、正編にあったような「権力闘争」は、宇治十帖の世界には存在しないのです。

ならば、この出生の秘密は意味を持たないのかというと、そういうわけでもありません。薫という人物の性格付けとして、たいへん大きく働いているのです。第九講でもご紹介したように、彼は自分の抱える秘密ゆえに、「世の中を深くあぢきなきものに思ひすましたる心（俗世を味気ないものと深く悟りきった気持ち）」を持つ性格だと設定されているのです。

■実は似ている薫と匂宮

すべてに恵まれているけれど、それらに執着しないように努めている薫。では一方の匂宮はというと、こちらは「皇太子候補」です。

今上帝は父。皇太子は長兄。もう一人兄がいるとありますが、なぜか世間では匂宮が次の候補だという声があり、やはり冷泉院からも、今上帝からも、夕霧からも重んじられている。ただ、本人に、特に皇太子になりたい思いがあるとは書かれていません。

実際に皇統を考えてみると、父も兄もそれなりに長生きしてかつ兄にも男子が生まれたりすれば、匂宮が皇太子になる可能性はさほどないかもしれませんし、あったとしても在位期間は短くなるのではという気もしますが、このあたりは物語内ではあまり触れられません。物語内での彼はあくまで「将来皇太子になるかもしれない皇子」だけれども、どうも本人はさほどそのことに執着しないで（あるいはしないようにして）好き勝手にふるまっている、というふうに見えます。

すべてに恵まれているけれど、それらに執着しない匂宮。おや？　なんだか、薫と匂宮、どうも実はよく似ているようです。しかも二人とも、権力欲がない若者。この人物設定は、正編を読んできた読者には「新しく」映ったかもしれません。

唯一の違いらしい違いは、薫の出家願望でしょうか。とはいえそれも、母である女三宮を思えばすぐには果たせないことだと棚上げされており、その点は実父の遺書が彼の手に渡った後も変

化はありません。

こんな、なんとも動きがありそうにもない設定で、どう物語を動かすのか？　どうやらポイントになっているのは、メインキャラクターたちの配置です。推進力は、主役二人が何かを媒介にして、互いに相手を過剰なまでに意識している、その腹の探り合い、心理戦。まさに欲望の三角形なのです。

■薫の出家願望、俗聖《ぞくひじり》、娘たち

今すぐ世を捨てるつもりはないものの、仏道に傾倒する薫は、冷泉院のところで、出家はしていないのに、仏道に通じていて「俗聖」と呼ばれている人物の存在を知ります。しかもその「俗聖」は、亡き桐壺院の第八皇子（光源氏の異母弟）であると聞き、やがて文を交わし、さらには宇治にある住まいを訪れるまでになります。

実はこの八宮、かつて冷泉院（桐壺院第十皇子）が皇太子であった頃、当時の右大臣と弘徽殿女御から「皇太子を廃し、その代わりに」と担ぎ出された過去があります。その後光源氏が復権したために、世間から掌返しにあって逼塞することになったのですが、そのあたりの事情を薫がどれくらい知っているのかは、はっきり分かる記述がありません。噂では耳にしている程度と理解すべきでしょうか。

そんな八宮を師のように慕う薫。共に住むという娘二人にも興味が湧かないわけではありませんが、それは筋違いと自戒しつつ、交流を続けて三年が過ぎ、誰かの婿になることもなく、二十二歳の秋を迎えます。

ある日、例によって八宮のもとを訪れた薫でしたが、あいにく八宮は留守。懇意にしている寺で七日間、参籠しての修行の最中だと聞かされます。では姫君たちに挨拶だけして帰ろうとなるのですが、ここで薫は、姉妹が箏と琵琶を合奏しているのをのぞき見してしまいます。

日ごろ、八宮は彼女たちの存在を世間から隠そうとしていて、「たとえ身分の低い人であろうと、都からの来訪者がある時は音もさせない」様子であったので、薫はそれまで彼女たちとほとんど接点がなく、「世の常の女《をむな》しくなよびたる方は、遠くや（世間並みの女性らしい柔和さなどとは、縁遠い様子なのだろうか）」と推察していたのですが、その日見た二人は、想像に反して「いとあはれになつかしうをかし（とても可憐で親しみが感じられ心惹かれそう）」な様子。

やがて、薫来訪が屋敷内に伝えられると、たちまち合奏は止み、姉妹の姿も奥へ消えてしまう。簾の外から言葉を交わそうとする薫に、戸惑いながらもほんの少し返事をする声が聞こえましたが、あとはようやく現れた年輩の女房に任せていなくなってしまいます。

都の歴とした屋敷ならば、こんなときに姫君が直接応対して声が聞こえるなどありえません。能力のある女房が少ない、零落の屋敷ならではのちょっとしたハプニングというわけですが、これが薫の心を姫君たちに向けるきっかけとなり、文のやりとりなども始まることになります。

といってもこの時点では、薫は姉妹に興味を惹かれたというだけで、どちらかに明確に恋心を抱くところまではいっていません。のぞき見た二人の姫の姿も、返事をしてくれた声や返歌の筆跡も、それぞれがいったい姉妹のどちらなのか、薫には分からなかったはずです。

■宇治を舞台に出現する「三角形」

ここで、薫は思いがけないことを考えます。

三の宮の、かやうに奥まりたらむあたりの、見まさりせむこそ、をかしかるべけれと、あらましごとにだにのたまふものを、聞こえはげまして、御心騒がしたてまつらむ

（橋姫巻）

（匂宮が、このように人里離れた所の女が、会ってみたら想像以上に優れていたりしたら、さぞ心惹かれるだろうと、空想だけで仰せになっているのを、煽ってお伝えして、お心を乱してさしあげよう）

まさに「三角形」発動の瞬間。自分が見つけたものの価値を、相手、すなわち、薫が無意識にライバルと思っている匂宮の欲望を煽ることでまず確かめる。さらに、相手もそれに価値を認めたことで、自分の欲望はさらに高まる。こうした心理戦はそのまま、相手と自分との関係、つまり「男同士の絆（ホモソーシャル）」を深めることでもあるのです。

都へ戻った薫は、匂宮のところに赴き、自分が垣間見た姫君たちの様子などを「いとど御心動きぬべく（ますます匂宮の心が動くように）」詳しく話して聞かせます。強く興味を惹かれた様子の匂宮。そしてその心中には「おぼろけの人に心移るまじき人の、かく深く思へるを、おろかならじ（人並みの女などには心を惹かれそうにない薫が、ここまで深く思うのだから、よほどの女なのだろう）」という思いがあります。

鴻巣友季子は、二〇二二年のNHK大河ドラマ「鎌倉殿の13人」を「まさにホモソーシャルの世界」と指摘した上で、三浦義村が源頼朝が目を掛けた女性を口説くのを「要は、自分よりいい男が手を出したり、目を付けたりしている女に寄っていく」と言及しています（加藤陽子、鴻巣友季子、上間陽子、上野千鶴子『別冊NHK100分de名著 フェミニズム』一五七頁、NHK出版）。薫と匂宮もまさにそれと同様で、この場面からは、仲良く見える男同士が、心底でマウントを取り合っている様子が透けて見えます。

「正統に光源氏の血を引く孫」であり、女性への欲求をストレートに表現する匂宮に対し、薫は「自分はそうはしない／できない」と思っている。それは出生の秘密に由来する劣等感ゆえなのですが、一方で「でも自分だってこんなに魅力的な女性を見つけることができるんだ」との思いもあるということなのでしょう。

一方、薫の秘密を知らない匂宮は、「光源氏の息子」であり、仏道に傾倒していて一見重々しく真面目そうに見え、そう人からも評価されている薫（第九講を参照していただければ、決して聖人君子ではないことはお分かりいただけますが）に対して、「やはり並の男とは違うところがある、秘密めいて特別感があって、なんだか悔しい」と常々思っている。だからこそ、いっそう薫の発言に煽られるわけです。

親王の匂宮と、貴族の薫では、光源氏と頭中将のように政治的に鎬《しのぎ》を削ることは当面ないでしょう。それがかえって、互いの些細な差異を過剰に意識させる。これは現代にも通じそうな友人関係です。

■男女四人が「四角形」ではなく「三角形」の理由

さて、以後、これまで薫の仏道空間であった宇治が、一変して恋物語の舞台に変わります。八宮が明確に薫をどちらかの姫の婿にと遺言したなら、話は複雑にならないのですが、もともと仏道を通してのつながりだったせいで言いづらかったらしく、「見捨てずに、時々は訪ねてやってほしい」という曖昧な申し出に留めてしまいました。そのため椎本巻でついに八宮が病死すると、いよいよ二人の姫君の行く末が薫にとっても読者にとっても気掛かりなものになります。

ここで本書を読んでくださっている方の中には「二対二だから三角形じゃないのでは？」と疑問に思う人がいるかもしれません。しかし、匂宮は姉妹のうちどちらを自分の相手にと決めているわけではない、というのがこの関係の複雑なところです。それを決めることができるのは、実は姉妹でも、匂宮でもなく、薫です。二人の男が引き合っている三角形の頂点に、姉妹がいっ

四人の関係図

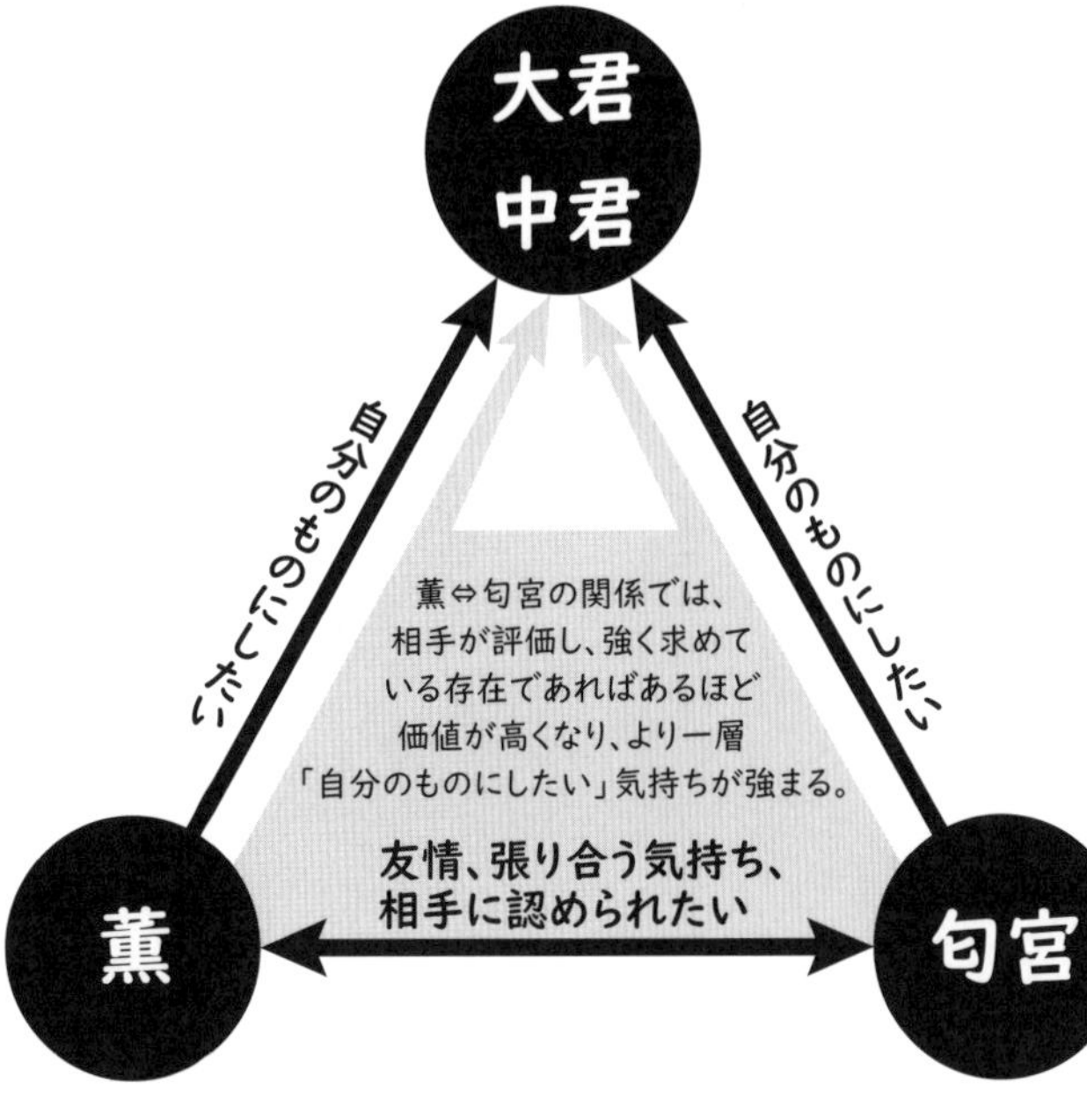

大君
中君
自分のものにしたい
自分のものにしたい
薫⇔匂宮の関係では、
相手が評価し、強く求めて
いる存在であればあるほど
価値が高くなり、より一層
「自分のものにしたい」気持ちが強まる。
友情、張り合う気持ち、
相手に認められたい
薫
匂宮

しょに乗っている。そんな恋模様なのです。

やがて薫は、自分の相手を姉（大君）と決め、匂宮を妹（中君）のもとに手引きします。匂宮と中君は結ばれますが、一方の大君は薫と男女の仲になることを拒み通したあげく、妹を案じながら亡くなります。

なぜ大君が薫を受け入れなかったか？　これについての私の考えは後ほどお話しすることにして、この後の三角形の変化を辿ってみましょう。

中君を手に入れた匂宮ですが、身分柄、なかなか宇治まで通うことができません。大君はそのことを恨みながら死んでいくのですが、そのせいもあり、中君まで匂宮を拒絶するような態度を見せるようになります。ここで匂宮は、なんとしても中君を都へ引き取ろうと決意することになります。そして、そのきっかけは薫への思いでした。

大君の死後、都へも戻らず宇治で過ごす薫と対面した匂宮は、その傷心の様子を「いよいよものきよげになまめいたるを、女ならば、かならず心移りなむと、おのがけしからぬ御心ならひに思しよるも、なまうしろめたかりければ（ますます清楚で優美なので、女ならばきっとこの人に心移りするにちがいないと、自分のけしからぬ心を顧みて想像なさり、なんとなく気掛かりになったので）」（総角巻）と見て、薫から中君を遠ざけるために「中君を都へ移そう」と決心します。

傷ついていっそう見事な薫の男ぶり。もし今の薫の立場にいるのが自分なら、きっとこの機に乗じて中君の心を奪うだろう——この思いが、匂宮の中君への執着を長続きさせる触媒となるのです。

やがて中君は都へ引き取られ、二条院（紫の上から譲られた屋敷）の西の対に住むようになりますが、今度はその中君に薫が執着するようになります。

先ほど、「三角形の頂点に、姉妹がいっしょに乗っている」と言いましたが、大君が亡くなると、薫の中では大君と中君とを重ね合わせる気持ちが強くなります。

椎本巻で、薫が姉妹の様子を垣間見している場面では、二人の容姿の違い（髪の多い少ないや、手の細さなど）にかなり言及されていて、声や気配など、むしろ姉妹は特に似ているとは描かれていません。ところが、大君の死後、匂宮の妻である中君は薫にとって「いとようおぼえたまへる（大君ととてもよく似ておいでになる）」（早《さ》蕨《わらび》巻）、「あやしきまでただそれとのみおぼゆる（不思議なほどただ大君そのままと感じられる）」（宿木巻）という存在になるのです。

その後匂宮が、立場上やむなく夕霧の婿になることが決まり、正妻となった六の君（母の藤典《とうのないしの》侍《すけ》は、光源氏の腹心の部下で乳母子の惟光の子）のもとへ通うようになると、薫の中君への執着はいっそう強まります。

後ろだてのない数ある妻の一人でしかない傷心の中君を慰めたいと願う薫。とはいえ、そう言いつつ、心の底に沈む恋情を抑えきれなくなり、ついに匂宮の留守中、御簾内に入って彼女に寄り添ってしまいます。

ついに密通!?　の危機が回避されたのは、中君の腰に懐妊中であることを示す帯が巻かれていたこと。ここで我にかえり、それ以上のことには及ばなかった薫ですが、今度はこれが、匂宮の心に作用します。

六の君のこともあって、しばらく姿を見せなかった匂宮が、数日ぶりに中君のもとへやってくる。すると、中君から薫の移り香が。匂宮の心に生じた二人の仲への疑いが、今度は、華やかな新しい妻(六の君)に魅了されがちだった匂宮の心を、中君のもとへ強く引き戻すのです。

もともと、匂宮が薫に抱くライバル意識のきっかけとして、薫が生まれながらに持っている特異体質、何の香を焚きしめたわけでもないのに、身体から芳香が発してしまうという設定が描かれていました。どこにいても自分の存在が人に悟られてしまうので、本人は「うるさがりて(煩わしがって)」(匂宮巻)いたところもありましたが、匂宮はそれに「いどましく(競うように)」思って、調香に凝り、常に良い香りを漂わせていたとあります。

二人の競争心の象徴でもあるような香りが、妻との密通を疑わせる。読者としてはいかにも大人の恋物語らしい展開が面白いのですが、中君の立場に立って考えると、なんとも気の毒になってきます。

■もうひとりの妹・浮舟の存在と、長女・大君の思惑

これでもかと続く三角関係。さすがに煩わしくなってきた中君が、薫の執着を逸らそうと明かしたのが、異母妹である浮舟の存在でした。第九講で触れましたが、八宮とその「召人」である

中将君の間に生まれた子どもです。

中君の思惑どおり浮舟に興味を持ち接触をはかる薫。ところが、やがてこの浮舟と匂宮にも接点が生じてしまいます。薫が浮舟を宇治に住まわせると、それを匂宮が執念深く調べ上げ、さらには薫のふりをして（！）浮舟のもとに忍び込み、密通してしまうのです。そのことに感づいた薫が、嫉妬のあまり浮舟のもとに送った当てこすりの歌は、ついに浮舟に自殺を決意させてしまう――と、際限なく続く三角関係は、一人の女性を死の淵へと追いやるのです。

こうお話ししてくると、そもそも、なぜ大君が薫との結婚を拒否したのか、もし二人が結ばれていたら、浮舟の悲劇は避けられたのではないかという気もしてくるのですが、その理由は、実は、正編（第一部、第二部）の積み重ねから、おのずと読み解けるのではないでしょうか。

八宮が亡くなって四ヶ月が過ぎようという年の暮れ、宇治を訪れた薫は、匂宮をぜひ中君の結婚相手として前向きに考えてくれるよう、大君を説得します。すると大君は、「わが御みづからのこととは思しもかけず、人の親めきて答《いら》へむかしと思しめぐらしたまへど（ご自分自身のことはまったく思いもかけず、親らしい態度でお返事したいと思案するけれど）」と応対します。

薫としては、まず中君と匂宮との仲を既成事実とし、その上で自分は大君と結ばれたいと思っているのですが、大君は自分が結婚することは考えていない。彼女は妹の「親」であろうとしているのです。

この発想は、総角巻になるとより明確になってきます。八宮の一周忌が近づく頃、薫はいよいよ自分の計画通りに二組のカップルを作ろうと画策しますが、大君は匂宮をその行状の噂から中君の結婚相手としては認めず、妹と薫に結婚してほしいと望む。その心情は次のように描かれています。

人の上《うへ》になしては、心のいたらむ限り思ひ後見《うしろみ》てむ。みづからの上《うへ》のもてなしは、また誰《た》れかは見扱《あつか》はむ（総角巻）

（自分のことでなく、妹の身に関わることなら、私が心の及ぶ限り精一杯後見しよう。自分のことは、いったい誰が面倒を見てくれようか）

実際、結果的に匂宮と中君が結ばれてしまうと、大君は妹を励ましたり、妹の代わりに匂宮への不満や不安を表明したりと、懸命に母親か乳母のような役目を果たそうとします。なかなか妹のもとを訪れない匂宮への不安を抱えながら病が重くなり、亡くなってしまうあたりでは、娘である女二宮（落葉宮）と夕霧との仲を案じながら死んでいった、母である一条御息所（夕霧巻。第六講をご参照ください）のイメージも彷彿としてきます。

■「源氏物語」での「後見」の存在

ここでのキーワードは「後見」＝保護者です。幼い頃に母を亡くし、また家の零落のために乳母も去ってしまった（橋姫巻）という姉妹。さらに父を失って（椎本巻）、二人にはもう保護者がいません。

保護者のいない女が、当時の結婚制度において、どれほど不安定な状態に置かれるか。これを、「源氏物語」の読者は、第一部、第二部にわたってずっと見てきました。とりわけ、紫の上が人生の終盤で味わわされた悲しみは、第七講でも触れたとおりです。

「後ろ」から「見る」人の存在。これがないことの悲哀。しょせん、女は一人で立つ、生きることさえままならない——これは、「源氏物語」の根底にずっと流れ続ける悲しみです。

光源氏は、関わった女性にはみな可能な限り手を差し伸べる超人的な男でした。そうした男が一番に愛した紫の上であっても、帝の皇女の降嫁という社会の一大事にあっては、命を削るほど傷つくことになりました。

一方薫は、召人が実は複数いたりして、現代の価値観から見れば聖人君子というわけにはいきませんが、それでも、彼には「合意のない性交渉はしない」という美徳があります。物語中、大君にせよ中君にせよ、薫がその気になれば、どちらとも性交渉できそうな機会は何度もありました。光源氏や匂宮なら、間違いなくそうしたであろう場面でも、彼は踏みとどまる。その点においては、薫は比較的良心的な男性と言えます。

しかし超人的な光源氏にせよ、良心的な薫にせよ、結婚の持つ社会的な側面を無視できるわけではない。実際、薫にはのちに今上帝の女二宮が降嫁します。

父が亡くなった時点で、自分たちは圧倒的に結婚制度において不利。父の遺言である、「おぼろけのよすがならで、人の言《こと》にうちなびき、この山里をあくがれたまふな（よほど頼りになるご縁でなければ、人の言葉を迂闊に信じて、この山里をお離れになってはなりません）」（椎本巻）は、まさにその点を突いたものです。

良心的で、しかも父との交流も深かった薫なら、「おぼろけのよすが」と信じても良いかもしれない。とはいえ、そうではあっても、結婚するのは後見のない自分ではだめ。父や母の代わりとはいかないまでも、せめて、姉である自分が「後見」としてついていられる、妹でなければならない。男の良心に頼るだけでは、しょせん女の身が不安定であることは変わらない。大君はそう考えているのです。

二歳年長なだけの姉が「後見」というのは、世間一般からは認められないでしょうし、実際、女房たちは大君本人にも結婚をしきりに勧めていますが、彼女のこの考え方が変わることはなかったようです。

大君が亡くなったあと、中君は、まわりの予想に反して匂宮にかなり大切にされます。でもこれは、大君のかわりに薫が事実上彼女の「後見」の役割を果たしつつ、かつ匂宮との三角形の力学がずっと働いているからだと言えます。

さらには薫が中君に執着するのは、彼女が（ライバルである）匂宮の妻であり、（自分が手に入れたかったけど叶わなかった）大君の影があるから。つまりあの世に逝ってしまった大君がそれでもなお、「女が一人では立っていられない世界」に残っている妹を守ろうとしているのだろうと思って読むと、私たち読者としてはとても胸に迫るものがあるのではないでしょうか。

第十一講　薫の「ピグマリオン・コンプレックス」

――女を「人形《ひとがた》」扱いする男

■「自分の理想に女を育てた」光源氏

藤壺宮、紫の上、女三宮。「源氏物語」の第一部、第二部のヒロインたちですが、彼女たちには血縁関係があります。紫の上は、藤壺宮の兄の娘、一方の女三宮は同じく妹の娘で、二人とも、藤壺宮からみれば姪にあたります。そもそも藤壺宮は、光源氏の母である桐壺更衣に「いとようおぼえて（とてもよく似て）」いるという設定で物語に登場しました（血縁によるつながりは示されていません）。

数え年三歳の時に母に死別した光源氏は、母の記憶がほとんどありませんでした。八歳を過ぎた頃、新たに後宮に入ってきた藤壺宮が、亡き自分の母に似ていると周りの人々から聞かされたことで、思慕を募らせていった。それが紫の上を見初めたり、女三宮の降嫁を承諾したりといった後々の行動につながりました。

ある女と別の女とが、外見が「似て」いる、あるいは血縁関係がある。これは、第一部、第二部において、光源氏が女性に抱く欲望をつなぐ重要な要素でした。第七講でも取り上げたように、光源氏は紫の上と女三宮を教え導いて、自分の伴侶としてより理想の形に近づけようとしたわけです。

第七講では、この「教え導く」行為そのものについて焦点を当て、「マンスプレイニング」という言葉にヒントを得て考えてみたのですが、光源氏の抱いた「可能性のありそうな何か／誰かと出会い、さらにそれに自分が手を加え、理想化した上で愛玩したい」という欲望は、洋の東西を問わず多くの物語でテーマとなっているようです。

小野俊太郎は、ミュージカル映画「マイ・フェア・レディ」と、その原作であるバーナード・ショーの戯曲「ピグマリオン」とを比較分析するにあたり、こうした欲望を「ピグマリオン・コンプレックス」と呼んでいます（『［改訂新版］ピグマリオン・コンプレックス』小鳥遊書房）。

花売り娘イライザと、彼女に上流夫人としての振る舞いを教え導く言語学教授のヒギンズ。原作の「ピグマリオン」の結末ではイライザがヒギンズと決別して去って行くのに対し、ミュージカル、およびその映画版では、二人が結ばれる将来を暗示して終わるという決定的な違いがあり、そうなった事情や背景などについての考察はとても興味深いものがあります。

■薫と「人形」

ところで、ピグマリオン・コンプレックスの語源となっているピュグマリオンはギリシャ神話に登場するキプロスの王です。小野は議論の前提として、この神話を次のように紹介しています。

ベラスの息子、ピュグマリオンは、アフロディテに恋するようになるが、彼女が一緒に寝てくれようとしないので、象牙の似姿をつくり、ベッドに横たえて、自分への慈悲を乞い願うのだった。この似姿を思いやって、アフロディテはそれに生命を与えてガラテイアとし、ガラテイアはピュグマリオンにパファスとメタルメという子どもを生んだ。

（小野『[改訂新版]ピグマリオン・コンプレックス』二三頁、ロバート・グレイヴズ『ギリシア神話』より）

これを読んだ時、思わず「あれ、宇治十帖になんだか似てる箇所がある」と思ってしまいました。というのは、宿木巻に、こんな場面があるからです。

大君が亡くなった翌年、薫は二条院（匂宮が紫の上から譲られた屋敷）にいる中君のもとを何度も訪れますが、そのうちこんなことを言い出します。

思うたまへわびにてはべり。音なしの里求めまほしきを、かの山里のわたりに、わざと寺などはなくとも、昔おぼゆる人形《ひとがた》をも作り、絵にも描《か》きとりて、行ひはべらむとなむ思うたまへなりにたる

（宿木巻）

（心の晴れようもなく困りはてているのでございます。音がないという世界でも探して思い切り号泣したいものですが、それも現実には叶わぬことですから、せめてあの山里のあたりに、仰々しくお寺をというのではなくとも、亡きお方に似た人形を作ったり、絵に姿を描いたりして、勤行をいたしたいと思うようになりました）

この薫の願いをどう感じるか。受け止め方はおそらく読者によって微妙でしょう。大君が亡くなる以前に、薫に何か特定の造形物などを愛玩する、フェティッシュ、あるいはフィギュア愛的な趣味があったとは書かれていませんし、突然「人形」が出て来て戸惑う、というのが、率直なところではないでしょうか。

では、物語内での会話の相手である中君はどうかというと、どうにも肯定的には受け止められなかったらしく、次のように返事をしています。

あはれなる御願ひに、また、うたて御手洗川《みたらしがは》近き心地する人形こそ、思ひやりいとほしくはべれ　（宿木巻）

（しみじみとしたご厚意ながら、しかしまた、あのいやな御手洗川に祓い流される人形が思い浮かべられて、姉がかわいそうに存ぜられます）

人形にもいろいろありますが、中君がまず思い浮かべたのは、人の代わりに厄や穢れを背負っていく人形、つまり、雛人形の原型とも言われている、流し雛に使われるようなものだったと考えられます。もちろん、薫が作ろうと言っているのがそういうものでないことは、中君だって分かっているでしょう。それでも、なんとなく厭な感じに受け取ってしまったことが、この受け答えからは伝わってきます。

この後、中君は絵師や彫刻師といった人々の仕事の仕方が、なかなか注文主の思い通りにはならないことなどに話題を持っていきます。遠慮がちにではありますが、どのような形にせよ、姉が「人形」として作られることには抵抗があったのでしょう。

私も正直、この薫の「人形」提案にはいささか不気味なものを感じてしまいます。亡き人への愛情というには、いくらか逸脱、倒錯的な性癖に思えてしまうのです。人を、ただの「物」のように見ているとでも言いましょうか。

■「人形」から連想された「浮舟」

実は薫のこうしたまなざしは、総角巻で大君が亡くなった時の描写にも、既に見られました。大君の亡骸を前にした薫の心中は「かくながら、虫の殻《から》のやうにても見るわざならましかばと思ひまどはる（亡骸をこのまま、虫の抜け殻のようにして見ていることができれば良いのにと思い惑ってしまう）」という様子であったというのです。

また、亡くなる直前、白い装束を着た重病の大君を「中に身もなき雛《ひひな》を臥せたらむ心地して（中身のない雛人形を寝かせたような風情で）」と薫が見ている場面もあり、中君が抱いた「うたて」な印象は、決して的外れでもないように思えます。

もちろん、薫自身は、強い愛情ゆえの思いでしょう。でもたとえば、御法巻で描かれる、光源氏が紫の上の亡骸を前に悲嘆に暮れる様子とはずいぶん違います。光源氏はただただ我を失っていて、紫の上の亡骸のありさまについてつぶさに観察しているような表現はありません。

ここでそうした役目を担っているのは、むしろ夕霧なのですが、その心中は「死に入る魂のやがてこの御骸《みから》にとまらなむ（とうとう絶え入ってしまうこの方の魂が、ずっとこの亡骸にとどまってくれれば良いのに）」（御法巻）というもので、薫が大君の亡骸に注ぐまなざしとは異質な印象を受けます。

中君が薫の提案に「うたて」と感じた違和感について、これ以後は言及されていませんが、ただ、この「人形」という言葉は、ここから中君に別の連想を働かせることになりました。

中君は「人形《ひとがた》のついでに、いとあやしく思ひ寄るまじきことをこそ、思ひ出ではべれ（人形と聞いたものですから、とても不思議で思いもつかないことを、思い出しました）」（宿木巻）と言って、自分たちに異母妹がいること、そしてその妹が、自分よりもずっと姉に似ていることを薫に伝えてしまうのです。

姉の人形ではなくて、よく似た妹はいかがでしょう——中君の申し出はまるで、これから薫が作ろうとする「人形」に、あらかじめ生命を差し出しているかのように聞こえます。

こうして登場するのが、浮舟です。

■大君との思い出の宇治に人形・浮舟を置く薫

「人形」についてはいったん保留になりましたが、宇治で姉妹が住んでいた旧邸を寺に改めるという計画の方は、薫の手によって進められます。

この旧邸には、以前姉妹に仕えていた弁《べん》の尼《あま》と呼ばれる女房が残っており、薫が来訪すれば弁の尼が応対するわけですが、ある日、ちょうど薫がいる折に、ここへ浮舟一行が来合わせます。長谷寺詣での帰途、一夜の宿を借りようというのでした。

弁の尼と対面する浮舟の様子を垣間見た薫は、その姿を「ただそれ（大君そのまま）」と思って涙し、なんとかして浮舟を自分の手の届くところに置こうと考え始めます。

第九講でお話ししたような、浮舟の母・中将君の思惑もあって、浮舟が薫と対面するまでにはいくらか紆余曲折を経ることになりますが、それでも、中君から浮舟の存在を聞かされてから約一年後、薫は三条にひっそりと仮住まいしている浮舟を訪ね、一夜を共に過ごします（東屋《あずまや》巻）。

ここで、薫が浮舟を口説く描写の前に、わざわざ「かの人形《ひとがた》の願ひものたまはで（あの人形の願いもおっしゃらず）」と地の文が添えられるのが、かえってこの後の展開を暗示します。というのは、夜が明けると、薫は早速、浮舟を家から連れ出し、宇治へと向かってしまうのです。

浮舟本人にとっては、宇治は特に思い入れのある場所でも何でもありません。母である中将君は、八宮がまだ都に住んでいる時に宮家から去っており（橋姫巻、東屋巻による）、物詣での途中の宿りにしても、単に「母の昔の知り合いがいるから」に過ぎなかったはずです。

宇治へ行く理由は、ただただ薫が、大君との思い出の空間である宇治に、浮舟という「人形」を置きたかったから。宇治への道中では、薫は浮舟を大君の「形見」と見る歌を思わず「独りごち」ていますが、浮舟本人にはそうした薫の心底が打ち明けられているわけでもないので、「いかにもてないたまはむとするにかと、浮きてあやしうおぼゆ（自分をどうなさるおつもりだろうかと、落ち着かず不安に感じていた）」のでした。

■浮舟の感情が理解できない薫

明らかに、生きている女が人形扱いされている。これなら、本当に大君の人形が作られて、薫がそれを懸命に拝んでいる方がずっとましなんじゃないか。そう思う読者は、きっと私だけではないと思います。でもせめて、ここから薫が、生身の浮舟本人を少しずつ理解し、幸せにしてくれるなら。そんな望みを抱く読者も多そうですが、残念ながらそれは裏切られます。

思惑どおり浮舟を宇治へ移し、すっかりくつろいだ薫は、まず目の前にいる浮舟の外見をひたすら記憶に残る大君と比べます。装束の着こなしや髪の美しさなどを心中で「評価」した後、今度は「故宮（八宮）の御事」を話題にして「昔物語をかしうこまやかに言ひ戯《たはぶ》れ（昔の話を興味を惹くように情を込めて言い、会話を楽しもう）」としますが、浮舟がただただ遠慮がちにしているので、「さうざうしう（物足りない）」と思ってしまいます。

浮舟は、八宮のことも、異母姉たちのことも、ほとんど知らずに育ったはずです。こんな話題を振られても、会話のしようがなかったでしょう。まして、中君のところへ密かに身を寄せた折には、匂宮に強引に迫られるという辛い目に遭っています。初めて会った中君を慕わしく思ったのに、そこでの経験は、残念ながら彼女を中君から遠ざけることになってしまった。そんな姉について、彼女は語る言葉を持たなかったでしょう。

もちろん、それだけではありません。そもそも、浮舟の母である中将君が、八宮にどういう思いを抱いていたか。また、八宮に子として認められなかったせいで、これまで中将君と浮舟がどんな辛い思いをしたか（第九講をご参照ください）――それを知っている読者には、ここでの薫の態度は、あまりにも思いやりのないものに映ります。

それから薫は「あやまりてかうも心もとなきはいとよし、教へつつも見てむ、田舎びたるされ心もてつけて、品々しからず、はやりかならましかばしも、形代《かたしろ》不用ならまし（間違っても、こんなふうに頼りないのがむしろ良いのだ、教えて世話していこう、田舎風な洒落心などがあり、先走って品のない女であったら、形代としては役に立たないのだから）」と気を取り直し、今度は浮舟の前に琴を置いて、さらに八宮や大君、中君の話題を続けます。

大君が生きていたらこういう話をしたい。彼女の弾く琴の音を聞きたい。そんな叶わぬ欲望をそのまま浮舟に向けているだけにしか見えない薫。さらには「昔、誰《たれ》も誰《たれ》もおはせし世に、ここに生《お》ひ出でたまへらましかば、いますこしあはれはまさりなまし。親王《みこ》の御ありさまは、よその人だにあはれに恋しくこそ思ひ出でられたまへ（昔、どなたもご存命であった頃にあなたもここで生まれ育ったなら、もう少し情趣があったでしょうに。八宮さまは他人の私から見ても、それは素敵な方として思い出されますよ）」と、浮舟にとっておそらく一番辛く、しかも本人にはど

うしようもなかったことを面と向かって口にし、さらには「などて、さる所には年ごろ経《へ》たまひしぞ（なぜあなたは、遠い田舎で、長年お過ごしになってしまったのだろう）」とまで言ってしまいます。

なぜ、遠い田舎で、長年。それはそもそも誰のせいでしょうか——実父から子と認められず、継父のもとで冷遇されてきた浮舟の気持ちになると、ついこんな台詞を書き加えたくなりますが、こうした浮舟に対する薫の独りよがりな態度は、残念ながら最後まで改まることはありません。

後に浮舟は、匂宮との密通をきっかけに自殺願望を強めます（浮舟巻）が、死にきれず、ある尼によって保護され、自分も出家してしまいます（手習《てならい》巻）。都では死んだものと扱われていた（蜻蛉巻）彼女の消息が、ほぼ一年後に回り回って薫のもとに噂として届くと、彼は浮舟の異父弟に手紙を託し、浮舟を訪ねさせます。

「源氏物語」の最終巻、夢浮橋で、ヒロインが最後に読む男からの手紙は、次のように書き出されています。

さらに聞こえむ方なく、さまざまに罪重き御心をば、僧都《そうづ》に思ひ許しきこえて、今はいかで、あさましかりし世の夢語りをだに、と急がるる心の、我ながらもどかしきになむ。まして、人目はいかに

（夢浮橋巻）

（今さら申しあげようもないほど、さまざまに罪深いあなたの御心は、救ってくれた僧都《そうず》に免

じてお許し申すこととして、今はせめて、あの思いもよらなかった悪夢のような出来事の話だけでもしたいもの、と焦る気持ちになっておりますが、それが我ながらもどかしく思われます。まして、他人の目にはどう映るでしょう)

浮舟の罪。当時の社会的、あるいは仏教的な倫理観に照らすと、匂宮との密通、自殺を望んでの失踪、素性を隠しての出家などがいずれも該当してしまうようです。でも、浮舟の立場に寄り添って読んできた読者なら、この薫の言葉は余りにも独善的に響くのではないでしょうか。

■正妻に妻の姉を重ねようとする

第十講でもお話ししたように、薫は、同意のない性交渉はしないという、この時代の物語の主役級貴公子としては比較的レアな美徳の持ち主です。なのに、なぜこんな相手の心をまるで慮ろうとせず、「女を物扱いする」ような、コミュニケーション能力の乏しい人物として描かれているのだろうと疑問が湧いてきます。

浮舟の現時点での保護者である継父の身分が低いことが、ここまで蔑ろにされる原因だと読むべきなのだろうか、と思いながら薫の女性に対する態度を探っていくと、実はこんな場面にも出会います。浮舟が行方不明となり、亡骸のないまま葬儀も済んでから、三ヶ月ほど経った夏のこと。薫は明石中宮(光源氏の長女。この時点では今上帝の中宮。匂宮の母)のもとで、その長女である女一宮の姿を垣間見ます（蜻蛉巻）。

薫にとってこの女一宮は、かねて密かに憧れてきた女性でもあります。ただ、母が中宮、同母兄は皇太子、伯父（夕霧）は左大臣というこの皇女が臣下に降嫁する可能性は、いくら相手が薫であっても、ほぼありません。もちろん、薫もそうした願望はおくびにも出さすに振る舞っています。そんな薫の正妻は女二宮。こちらも今上帝の皇女ですが、母は明石中宮ではなく、すでに故人となっている、別の女御です。

さて、蜻蛉巻で薫がのぞき見た女一宮は、白い薄絹の夏衣装を着て、氷のかけらを手にして微笑んでいました。思いがけず見てしまったこの様子に心奪われた薫は、自邸に帰ると、女一宮が着ていたのと同じような衣装をすぐに仕立てさせ、それをわざわざ自分の手で女二宮に着せかけ、さらに氷を取り寄せて、かけらを持たせながら、心中で「似ていない」と嘆き、ため息を吐く……！

実父である柏木といくらか似た事情を抱えながら皇女を妻にしているのが、とても皮肉な設定で面白いのですが、その妻に対するこうした振る舞いは、実父には見られなかった行為です。まるで女を着せ替え人形として扱っているようです。

こう見てくると、どうも「女を物のように扱う」のは、浮舟に対してだけでなく、薫の基本的性格として設定されているとしか思えません。確かに身分のせいで浮舟を軽んじている部分もあるのですが、それだけではない、女を「物」のように扱い、「景色」として眺めてしまう、そういう感覚の男のようです。ちなみに、第一部で、例えば光源氏が藤壺宮と同じ装束を紫の上に身につけさせるなどといった場面はありません。

文字通り、自分の思い描いた「理想像」に固執する薫。一面優しそうな男であるだけにかえって、現代のモラハラ男にも通じそうな厄介さが感じられます。

■大君への執着

ではそもそも、彼はなぜ、あれほど大君に執着したのか。もう一度総角巻まで遡って検証してみることにしましょう。

薫が、「大君／自分」「中君／匂宮」の組み合わせを前提に動き始めるのは、椎本巻あたりのようですが、その理由ははっきりとは分かりません。強いて言えば、応対に出てくるのが常に大君だから。これは、第十講で取り上げた、大君が妹の「親」「後見」であろうとする態度に由来するものと思われます。言い換えれば、女房でない、「姫君」格の若い女性が、男女の仲でないのに細かに言葉を交わすという場面そのものが、とても珍しい状況です。

一貫して、「薫には、自分ではなく妹と結婚してほしい」と願う大君。彼女は自身の結婚について「昔より思ひ離れそめたる心（昔からそうした世間並みのこととは距離を置いてきた心）」だと繰り返し薫に伝えようとします。大君のこの意志は、さすがに直接ではなく、老女房によって薫に伝えられるのですが、それを聞いた薫は大君の心底を「聖のようにお暮らしであった父宮の影響で、世の無常を悟っていらっしゃるからだろうか」と推し量り、それを「わが心通ひておぼゆれば（自分の心のありようと似ていると思われるので）」と感じて、かえってますます執着を強めていきます。

わが心——確かに、薫にはもともと出家願望があります。それは「いつかは叶えたい」もののようですが、彼がみずから選び取ろうと本気になりさえすれば、「いつでも叶う」ものです。逆に言えば、その気にならなければいつまでも延期できてしまう志です。

しかし、大君の「結婚しない」意志は違います。「父が亡くなった今となっては、いよいよそうするしかない」という、己の目の前に迫った決断です。言葉は同じ「常なきもの（世の無常）」への思いであっても、選択できる行動に違いがありすぎます。

いくらか薫に厳しい見方になってしまいますが、「薫みたいな貴公子の出家願望なんてその程度のものでしょ？」というのが、私の正直なところです。

■望みながらも「出家」しない薫

実は、私のこのちょっと意地悪な見方と同じ事を、物語内で述べている人物がいます。手習巻で、浮舟を保護している尼。この人には娘がいましたが、若くして先立たれてしまいました。死にきれずに気を失って倒れていた浮舟を手厚く保護し、引き取ったのは、娘の「形代」のように感じたからでした。娘が亡くなったのは、結婚してほどなくのことであったらしく、その婿だった男性が時折、この尼のもとを訪れてきます。この男性、中将の職だとあるので、そこそこの身分です。この人の弟が僧侶になっていることも書かれていますが、それについて「出家しての山ごもり暮らしがうらやましい」と尼に言います。

すると尼がこう返事をするのです。「山籠りの御うらやみは、なかなか今様《いまやう》だちたる御ものまねびになむ（山ごもりを羨ましいとおっしゃるなど、かえって当世風のお口真似のようですね）」。「今、ここではない、どこか」への、漠然とした憧れ。古今東西、悩みや辛さを抱える若い人々にはよくあることだと思いますが、その受け皿が当時は「仏道」になっていた部分もある。この尼の言葉からは、そんな風潮も感じられます。

ほぼ同時代の史実においても、若い、一見何不自由もないように思える貴公子たちの突然の出家を三例ほど、見つけることができます。

長保三（一〇〇一）年には、源成信（二十三歳、右近衛権中将）と藤原重家《しげいえ》（二十五歳、左近衛少将）が出家しています。成信は「枕草子」にもたびたび登場し、女房たちにも人気の貴公子であったことが窺えます。皇族の血を引き、かつ藤原道長にとっては妻（倫子）の甥で、自分の「猶子《ゆうし》」（養子に似た制度）にもしていたほどの存在でした。一方の重家は、このとき右大臣だった藤原顕光の長男です。若い二人を出家に駆り立てたのが何だったのかは明確になっておらず、当時の社会情勢の中にそうした風潮があったものとしか言いようがありません。

さらに、寛弘九（一〇一二）年には、道長の三男、顕信《あきのぶ》（十九歳）が出家しています。こちらは、一説には、父・道長から能力不足と評価されていると思い込んでしまい、前途を悲観したせいだとされています（関口力『摂関時代文化史研究』思文閣出版）。

実在した彼らの心のありようを知る術はありません。ただ、実際に行動に移した三人の向こうには、薫のように「今は実行には移せない」と、出家への志、憧れを保留しながら暮らしていた若者の存在が幾人も見られたのかもしれません。

■薫の使者に対する、尼・浮舟の対応

ただ、薫本人は、物語内で出家することはありません。結局、彼の抱える憂愁は、そこまで切実なものではない。死に至るほど悩んだ大君や、出奔してでも俗世から逃れたかった浮舟の思いを慮ることのできない薫は、しょせん、真に仏道を志す境地からは遠くかけ離れたところにいるのだと、描かれているように思います。

尼になった浮舟は、薫から届いた手紙を見て「所違《たが》へにもあらむ（宛先が違うのかもしれません）」と、返事をせず、使者としてやってきた異父弟にも会うことなく帰らせてしまいます。

本当に出家するというのはこういうことなのですよ。あなたは常々、出家したい、仏の道が慕わしいとおっしゃっていましたけれど、お分かりになりますか？　――もしかしたら、この態度こそ、浮舟の最後のメッセージだったのかもしれないのですが、残念ながら、薫には通じません。

いつしかと待ちおはするに、かくたどたどしくて帰り来たれば、すさまじく、なかなかなりと思すことさまざまにて、人の隠し据《す》ゑたるにやあらむと、わが御心の思ひ寄らぬ隈《くま》なく、落とし置きたまへりしならひに、とぞ本にはべめる　（夢浮橋巻）

（今か今かとお待ちになっていらっしゃるところへ、こう要領も得ずに使者が帰ってきたので、味気ないお気持ちになられて、かえって手紙などやらねばよかったとあれこれとお考えになり、誰かが人目につかぬよう女君を隠し住まわせているのではないかと、ご自分のあらゆる想像を尽くし、かつて捨てておおきになったご経験からも、と、書き写したもとの本にございますようで）

「源氏物語」はこう閉じられています。

自分が浮舟を宇治という人里離れたところに置いていた。その経験からしか、物事を量れない。浮舟が何をどう感じたのかには、彼の想像の範囲はまるで及ばない。

自分の思いや理想しか、女から見いだそうとしない男。その思いや理想のせいで追い詰められる女。男女のコミュニケーションの断絶をここまで見せつけられると、何やら薄ら寒い思いがしてきますが、これこそが、紫式部が宇治十帖で読者に突きつけたかったことなのかもしれません。

第十二講 「自傷」から「再生」へ

――浮舟と「ナラティブ・セラピー」

■登場人物たちの呼び名

いよいよ最終講となりました。

書き始める前は、私がお話しする内容がみなさんにどう受け止められるのか、正直不安が大きかったのですが、WEB媒体での連載中、回を重ねるにつれ、SNSなどを通して「納得がいった」「これまでのもやもやが晴れた」といった好意的なご感想や励ましのご意見をいただくことが増え、とてもありがたく励みになりました。

さて、最終講になって改めてこんなことを言うのも今更という感じがして恐縮なのですが、「源氏物語」に登場する人物のほとんどには、男女を問わず、「名前」の表記がありません。

これは当時の慣習や社会規範によるものです。人の実名というのは、迂闊に人に知られてはならないものとされていたのです。呪詛などが横行する世の中であったこともおそらく関係しているのでしょう。誰かに名を知られる＝相手に上に立たれることと受け取られていたようです。

よって、「源氏物語」において、実名が記されるのは、光源氏の従者である「惟光」「良清《よしきよ》」、匂宮の従者の「時方《ときかた》」など、みな身分がさほど高くない男性たちです。身分のある男性たち、また、身分にかかわらず、女性たちの実名が明かされることはなく、就いている官職や住まいの場所などに由来する「通名」が用いられます（玉鬘のことを「藤原《ふぢはら》の瑠璃君《るりぎみ》」と、幼名（？）のような名で女房が呼んでいる記述が玉鬘巻に一つありますが、これは、仏に奉る願文を作成する場だからと考えられます）。

第一部、第二部の主役を指す「光源氏」や「源氏の君」は、「光る」＝光り輝くように美しい、「源氏」＝天皇から源の姓を賜っている、「君」＝貴公子の意味です。なので、彼が年齢を重ねて官位が上がっていくとあまり使われなくなり、その代わりに「大殿《おおいどの》」「大臣《おとど》」「院」などが多出するようになります。

女性の例で言えば、「六条御息所」は六条に屋敷を構えている、元皇太子妃であることを意味する呼び名で、物語内では、彼女の実名はもちろん、姓さえもはっきりと示されていません（六条御息所については第二講をご参照ください）。

実在の人物では、「藤原道長」や「藤原彰子」といった身分の高い人たちの実名が伝わっていますが、これは、朝廷などで作られる公の文書、つまり、天皇に見せることが前提の文書に記載されているもので、日ごろ人を呼んだりする時にこの実名が使われることはありません。小説などを書く時、こうした習慣を史実どおりに徹底すると、読者の方にとてもわかりづらくなってしまうので、便宜上「道長さま」「彰子さま」などを用いたりしますが、当時の人がそういう言い方をすることはなかったと考えられます。

さらに、「源氏物語」の人物の呼び名については、物語内でそう呼ばれている場合と、物語にはないけれども、読者がそう呼ぶようになった場合とがあります。

光源氏の最初の正妻は「葵の上」と呼ばれていますが、物語の本文にはこの呼び方はなく、「女君」「大殿の君」が用いられています。「葵の上」は、彼女が命を落とすことになった経緯が描かれた巻名である「葵」から、読者たちが付けた呼称なのです。

葵の上と同じく、物語中で呼称としては使われていない名が読者によって付けられた女性は他にも、朧月夜（第五講参照）、玉鬘（第七講参照）などがあります。

こうした、読者による名付け方の中には、現在よく用いられるものとは違うものもあって興味深く、またこちらに新たな視点をもたらしてくれる場合があります。

■「手習《てなら》ひの君」

「源氏物語」最後のヒロイン。現在の読者からは浮舟の名で呼ばれることが多い女性も、物語内ではそう呼ばれていません。多く使われているのは「君」「常陸介の娘」「姫君」などです。

浮舟の名で彼女を呼んだことが分かる最も古い例として、「源氏物語」の熱心な読者として知られる菅原孝標女《すがわらのたかすえのむすめ》の「更級日記《さらしなにっき》」があります。

「源氏物語」全巻を入手し、それを読みふける楽しみを「后《きさき》の位も何にかはせむ（后の位だって代えがたい）」とまで言っていたのが孝標女です。幼少期に東国にいたという、自身の生い立ちと重なるところがあったからか、孝標女はこの女性がお気に入りだったようで、「更級日記」で何度も言及していますが、そのたびに「浮舟《うきふね》の女君《をんなぎみ》」と呼んでいます。

この名は、言うまでもなく、彼女が死を決意するまでを描いた浮舟巻に由来する名前です。現代の読者からすると、物語内ではこう呼ばれていないことを、改めて指摘されてはじめて気づくくらいに、定着しているのではないでしょうか。

しかし、私は本書の執筆を通して、これからはできるだけ、もう一つある別の名前で彼女を呼びたいと考えるに至りました。

鎌倉時代初期に成立したと推定される、「無名草子《むみょうぞうし》」という文芸評論書があります。著者は藤原俊成女《しゅんぜいのむすめ》（生没年未詳。実母が俊成の長女なので、藤原定家は叔父にあたる。実父藤原盛頼《もりより》が鹿ヶ谷事件で失脚した後、祖父俊成の養女となった）とする説が有力です。

老尼と若い女房たちの対話による形式で物語や歌集、女性などを論じるこの書物は、平安時代の文学が、いくらか時を経た頃、どのように享受されているのかを知ることのできる、とても貴重な資料なのですが、この「無名草子」では浮舟を「手習《てなら》ひの君」と呼んでいます。

なぜこう呼ばれるのか。物語に沿って、彼女が辿った軌跡を見ていきましょう。

■運命に流されるままだった浮舟

第九講で詳述したとおり、浮舟は、東屋巻で、「常陸介の実子でない」ことを理由に、縁談を先方から破談にされるという辛い目に遭いました。母の中将君は娘を気遣い、気晴らしになればと、中君に頼んで浮舟の身をしばらく二条院で預かってもらうのですが、今度は運悪く匂宮の目に留まり、強引に言い寄られてしまいます。

間一髪でどうにか匂宮から逃れた浮舟ですが、乳母から事の次第を知らされた中将君は、外聞を憚り、また中君への遠慮もあって、浮舟を二条院から退去させ、予て準備中であった三条の小家に移します。

それから少し経った九月、その隠れ家に薫が来訪。大君に容貌のよく似た浮舟を気に入った薫は、彼女を大君と中君がかつて住んでいた宇治の屋敷に連れて行き、そこにしばらく住まわせることにします。

薫はそれで安心してしまったのか、忙しさや外聞の悪さを理由にして、以後ほとんど彼女のもとを訪れません（浮舟巻）。

一方、すぐにいなくなってしまった浮舟を忘れかねていた匂宮は、翌年正月、中君のもとに寄せられた新年の挨拶状をきっかけに彼女の居場所を突き止め、薫を装って侵入し、交渉を持ってしまいます。人違いだと分かって泣き崩れる浮舟。しかし、彼女に執着を強めた匂宮がそのまま丸一日宇治に居座り、片時も側から離さずに巧みな睦言を囁き続けると、いつしか心が傾いてしまいます。

二月になり、ようやく自分のもとを訪れた薫と対面して、己の罪に思い乱れる浮舟ですが、女の心中をまるで思いやれぬ薫の目には、その姿が皮肉にも「月ごろに、こよなうものの心知りねびまさりにけり（会わずにいた数ヶ月の間に、たいそう男女の情を知って成長したものだ）」と映り、彼女への執着を募らせることになります。

薫は、「この春のうちに都に迎える」と約束して去って行きますが、入れ替わるようにふたたび匂宮が宇治へ。雪模様の空の下、人目を憚り、小舟で宇治川を渡って従者に用意させた隠れ家で過ごした二日間は、浮舟の心をますます混乱に陥れてしまいます。

やがて、薫と匂宮、両方が彼女を都へ迎える算段を始めますが、その過程で薫が匂宮と浮舟の関係に感づく。このあたりの三者三様の心理描写は、読者にとっては実に面白いのですが、浮舟の気持ちに添って考えると、次第に追い詰められて死の淵をのぞき込む心情は気の毒としか言いようがありません。

彼女が死を決意していることのみを描写して浮舟巻は終わり、続く蜻蛉巻では一転、浮舟が行方不明になった後の世界が描かれます。亡骸は見つからぬまま、川へ身を投げて死んだに違いないという憶測が次第に既成事実となり、葬儀や法要も済んで季節は秋へと変わります。

■「手習」とは何か？

浮舟は本当に死んだのか？　読者のその疑問に答えるように、次の手習巻が始まります。

実は生きていた浮舟。助けてくれた人々は皆彼女にもう一度「女」として生きるよう、様々な手段で促しますが、浮舟が望んだのは出家でした。

出奔から一年を経た頃、本意どおり尼となった浮舟のもとに、彼女の消息を知った薫から手紙が来ますが（夢浮橋巻）、返事は書かれることなく、物語は終わります。

「無名草子」に残る「手習《てなら》ひの君」の名。この呼び名が手習巻に由来するのはもちろんですが、そもそも「手習」とはなんでしょう？

手は文字、筆跡を指す言葉です。なので、字義通りには「文字のお稽古」、つまりお習字を指しますが、ここから意味が広がって、お稽古のように手すさびや落書き風に何かを書くこと、また書いたものについても、「手習」と呼び習わしています。

お稽古のような、落書きのような「手習」。勢い、そこには、声に出さない独り言が書き留められることになり、その多くは和歌の形で、読者に提示されます。

当時、文学の表現としても、コミュニケーションの手段としても欠かせないのが和歌ですが、「源氏物語」に出てくる和歌の総数は七九五首。このうち、誰かとやりとりするために詠む「贈答歌」や、複数人で声に出す「唱和歌」を除いた、「独詠歌」、つまり独り言の歌は一一〇首あります（小学館『新編 日本古典文学全集』所収の「作中和歌一覧」による）。これは人物が口ずさむこともあるのですが、「手習」の形で書き留めている場面が描写されることもあるわけです。

ここで、ひとつ、クイズをお出ししましょう。「源氏物語」のヒロインで、和歌を一番たくさん詠んでいるのは誰でしょう？

察しの良い読者は「え、そんな問いをここで出すってことは、答えは浮舟なの？」と思ったことでしょう。でももし、クイズ番組などでいきなりこの問いを出したら、ほとんどの方は紫の上や明石君などを思い浮かべるのではないでしょうか。

歌数で言うと、浮舟が一位で二六首、二位は紫の上で二三首、三位は明石君の二二首です。「源氏物語」の各巻はそれぞれ長短ばらばらなので、単純に比較はできませんが、それでも紫の上が若紫巻から御法巻まで、三十七の巻に渡って登場し続け、物語内で三十三年の時を生きたのに対し、浮舟が登場するのは宿木から夢浮橋までの六巻、物語内で描かれた時間が三年足らずであることを考えると、ずいぶん歌が多いヒロインであると言えます。

しかも、詠んだ二六首のうち、一一首が独詠歌。さらにそのうちの九首までが「手習」なのです。また、「和歌一覧」で「贈答歌」と分類されている歌の中には、彼女自身は贈答歌として詠んだつもりはない、「独詠歌」や「手習」が、側に居る人によって「答」として誰かに伝えられてしまったものが二首含まれていますから、それも数えると、「独詠歌」や「手習」はさらに多いとみなすことができます。

紫の上も明石君も独詠歌は二首ずつですし、それ以外のヒロインたちと比較してみても、浮舟は突出して独詠歌、しかも「手習」が多い女性ということになるでしょう。

■主体性のなかった浮舟の変化

先ほど、浮舟が辿った軌跡をおおよそご紹介しましたが、改めて読んでみると、浮舟巻で匂宮と関係を持ってしまう前と後とで、物語における彼女の扱いが変わっていることに気づきます。

宿木巻で中君によって存在が明らかにされてから、東屋巻までの浮舟は、とても口数が少ない。それも、自分で話す言葉が少ないだけではなく、彼女が何を感じ、考えているのかについての描写がほとんどありません。

小説を書くには、「視点人物」の設定が必要です。物語の中の人物のうち、どの人の目を通して出来事が語られているのか、ということです。作品によっては、物語内の人物ではなく、語り手＝作者がその視点を担っていることもあります。私の書く作品の場合で言わせていただくと、「視点人物」をどう決めるかで、ほぼ作品の世界が決まってくると言ってもいいほど、これは重要なポイントになります。

「源氏物語」の場合は、短い文脈ごとに、その場にいる何人かの視点が複雑に交錯する描写が多く、また「草子地《そうしぢ／そうしのち》」と呼ばれる、語り手視点も時折差し挟まれる形式が取られています。

匂宮との関係以前では、浮舟がこの視点人物になる箇所がとても少なく、またあってもごく短い。たとえば、東屋巻で縁談が破れてしまうエピソードにおいては一箇所もありません。書かれているのはほとんど「他の誰かが見た浮舟」像です。

二条院に一度上がってからも、その傾向はあまり変わりません。中君に話しかけられて短く返事をしたり、匂宮に言い寄られて困惑したりしているのも、本人の思いとして書かれる部分は少なく、ほとんどが、「不安げにしている」、「泣いている」、「遠慮がちにしている」などの姿が、他の人の目を通して描かれていきます。

薫に宇治へ連れて行かれてからもほぼ同様だったのですが、匂宮との常軌を逸した逢瀬の中に、彼女に変化をもたらした要素がありました。

匂宮が二度目に宇治へ来た折、二人は川の向こうの隠れ家から景色を眺めますが、この時匂宮は、浮舟の前に硯を差し出します。二人で「手習」＝落書きをして楽しもうというのです。

これは、その前の来訪で匂宮がした睦言の手法です。その折匂宮は、「心よりほかに、え見ざらむほどは、これを見たまへよ（思うようにならず、会いに来られない時は、これをご覧なさい）」と言いながら、寄り添って臥している男女の絵を描き、「常にかくてあらばや（いつもこうしていたい）」と言って、さらに恋情を訴える歌を詠みました。浮舟はその歌に対する返歌を、口頭でなく、紙に書き付けて差し出しました。

匂宮にとって、まだ記憶に新しい、甘美な行為。それを今回もしようと考えて、わざわざ硯を取り寄せて歌を書き、浮舟に返事を促すのです。

降りみだれみぎはに凍《こほ》る雪よりも中空《なかぞら》にてぞ我は消《け》ぬべき　（浮舟巻）

（降り乱れて岸辺で凍る雪よりもはかなく、私は空の途中で消えてしまうでしょう）

浮舟はこう書こうとして途中でやめます。「中空」の言葉が、自分の意図以上に意味深に、「二人の男の間で」として受け取られそうなことに気づいたからです。案の定匂宮に咎められ、浮舟はその書き損じを「げに、憎くも書きてけるかな（いかにも、憎いことを書いてしまった）」と恥じて破り捨てます。

匂宮の嫉妬心をかきたててしまった「中空」という言葉。でも、「中途半端」や「上の空」のニュアンスも持つこの言葉は、まさにこの時の浮舟の心情を表すのにぴったりです。

押し殺している自分の思いが、自分で意識している以上に筆を動かす、文字になる体験をしてしまった浮舟。破り捨てたくなるほど恥じたのは、匂宮には見せたくない、心に秘めた言葉だと感じたからでしょう。

■「書く」ことで変わりはじめる

彼女がはじめて独詠歌を「手習」に書いたのは、この後のことでした。匂宮が都に帰り、薫、匂宮の両方から手紙が届く。二つの恋文を目の前にして、途方に暮れる浮舟は、それぞれに返歌をする前に、まず自分のどうにもならない現状を、自分に向かって詠んでみる。

男たちに返歌をするより、それが彼女にはまず必要な作業だったのです。

里の名をわが身に知れば山城《やましろ》の宇治のわたりぞいとど住みうき
（浮舟巻）

（里の名の「宇治」が、わが身には「憂し」であると身に染みて思い知られるので、この山城の宇治の辺りはますます住みづらいことだ）

宇治は憂し。その名がいよいよ我が身に染みて住みづらい。誰にも見せるつもりのない、死への思いが加速していくきっかけの悲しい歌ですが、私は、ここで彼女が、「自分の思いを自分のために言葉にする力」を得たのだと思うのです。

ここまでの彼女の言葉や、心中の描写は、とても受け身で、かつ少ないものでした。まわりから何かされて、それに遠慮がちに反応する、主体性を持てない女性。しかし、「手習」＝「書く」ことで、彼女は変わり始めます。

とはいえ、ようやく手に入れた主体性なのに、それによる決断、望みが自傷、自殺へと向かってしまうのは、とても痛ましい。このあたりは、第二部で紫の上や女三宮が出家を望んだいきさつと響き合うようにも思われます。

ただ、幸い彼女は死なず、横川の僧都とその妹尼に助けられ、小野にある庵で暮らすことになります。

尼の住む庵だから、俗世の動きと無縁で安穏に暮らせるかというとそうでもなく、妹尼から縁談を持ち込まれ、その男性を身近に手引きされてしまいそうなところまで追い詰められますが、彼女は懸命に行動してそれを回避し、自分の行く末を自分で考える。その時、折れそうになる彼女の心を支えるのは「手習」です。

まわりの雑音から身を守るように、彼女は歌を作り、筆を持つ。妹尼から初瀬参りに誘われた時には、こんな歌を書きつけていました。

はかなくて世にふる川の憂き瀬には尋《たづ》ねも行《ゆ》かじ二本《ふたもと》の杉　（手習巻）

（こんなはかない有様でこの世に生き続けている情けない私だから、わざわざ二本の杉のある初瀬川を尋ねていこうとは思わない）

この歌を妹尼がめざとく見つけ、「再会したい人がいるのでしょう」と冗談を言ってきます。浮舟自身は、「二本の杉」が、前の「中空」と同じく、二人の男性との関わりを暗示する言葉にもなると気づいて顔を赤らめますが、もう破り捨てたりはしません。

自分の辛い過去を少しずつ、直視できるようになっていく。そんなヒロインの姿に思えます。

■「女」と「書くこと」

いよいよ尼になろうと決意を固め、僧都の来訪を待ち受ける直前には、こんな描写があります。少し長いのですが、引用します。

昔よりのことを、まどろまれぬままに、常よりも思ひつづくるに、いと心《こころ》憂《う》く、親と聞こえけむ人の御容貌《かたち》も見たてまつらず、遥かなる東国《あづま》をかへるがへる年月をゆきて、たまさかにたづね寄りて、うれし頼もしと思ひきこえしはらからの御あたりも思はずにて絶えすぎ、さる方に思ひさだめたまへりし人につけて、やうやう身のうさをも慰めつべききはめに、あさましうもてそこなひたる身を思ひもてゆけば　（手習巻）

（昔からのことを、眠れぬままに、いつにもまして思い続けていると、実にわが身が情けなく、父上とうかがっていた方のお顔を拝見したこともなく、はるかな東国を転々として年月を過ごし、たまたまお近づきになれて、うれしくも頼もしくも存じあげていた姉上のご縁も、思いがけぬことから疎遠になってしまい、それなりに私を迎えてくださるおつもりでいらっしゃった方のご縁にすがって、ようやくこの身の辛さも慰められようかと思ったその間際で、嘆かわしくも持ち崩してしまった我が身の上のことを考え続けていくと）

平安朝の仮名文学を読み慣れた人なら、「あれ？」と思うのではないでしょうか。この部分、「蜻蛉日記」や「更級日記」など、いわゆる女流日記の冒頭に、文体やニュアンスがとても似ているのです。

大学院の博士課程に進学した時、日記文学を主な研究対象に選んだ私が、研究テーマとして掲げたのは「女と書くこと」でした。千年も前の女たちが書いた「日記」が、こんなにいくつも読み継がれ、残っている。その軌跡を、自分なりの視点で読み解いていこう。そう考えたのです。

残念ながら、さまざまな個人的事情から、私の研究者としてのキャリアはとても中途半端なまま、途絶してしまいました。一時は、自分で何かを書くことはもちろん、活字を読むことすら辛いと思っていた頃もあります。

でも、私を救ってくれたきっかけも、結局書くことへの意欲でした。研究論文と小説では、方法や環境がまるで違いますが、それでも、何かを書こうとすること、言葉を紡ぐことは、人に力を与えるように思います。

現代の心理療法の手法として、クライエント自身が、自分の体験を自分の言葉によって語り直すことに重きを置くカウンセリング方法＝ナラティブ・セラピーというものがあるそうです。こちらは、セラピストがクライエントとの関係に注意しながら行うものということなので（S・マクナミー、K・J・ガーゲン編『ナラティヴ・セラピー』野口裕二・野村直樹訳、遠見書房）、一人で言葉を紡ぐわけではありませんが、自分の言葉で自分について語ることが大切になる点では、「書くこと」につながる部分があるように思います。

たとえはじめは誰にも読ませるつもりはなく、一人で行った作業であっても、文章として何かが残っている限りは、いつかは誰かの目に触れる可能性がある。つまり、「書くこと」は、いつか、好意的な読者が現れるかもしれない、誰かが自分を分かってくれるかもしれない、そんな他者への期待を含みおける行為なのです。

「新しい言葉に出会い、新しい意義を見つけ出す事は、自分にとっての親しい自己に近づくことである」（前掲書八二頁）といった指摘に出会うと、女たちが「書く」「読む」をつないできた日本文学の歴史に、必然的なものを感じます。

■「世づかぬ」女

浮舟巻で、浮舟が、かつての紫の上や女三宮のように出家を願うのではなく、いきなり死を決意したことを、語り手はこう言っています。

児《こ》めきおほどかに、たをたをと見ゆれど、気高《けだか》う世のありさまをも知る方少なくて生《お》ほしたてたる人にしあれば、すこしおずかるべきことを思ひ寄るなりけむかし　（浮舟巻）

（子どもっぽくおっとりとしていて、たおやかに見えるが、気品高く貴族社会の様子を心得る機会も少なく育てられてきた人なので、少し乱暴で恐ろしいことを考えついたのであろう）

自分の属するはずの社会の常識から外れ気味の人。これに似た表現は他にもあって、浮舟が最後に、薫の手紙を見た時の嘆きぶりを、妹尼が「いと世づかぬ御ありさまかな（たいそう世間知らずのご様子だ）」と困惑げに見ているとも書かれています（夢浮橋巻）。

「世づかぬ」女。「源氏物語」では、男女の仲、情をわきまえない女の態度を表す言葉としてよく出て来ます。第二部では、夕霧をなかなか受け入れようとしなかった女二宮（落葉宮）の態度に、四度もこの言葉が用いられています。

辛い目に遭っている人が、世間一般から「本人に常識／配慮がないのが悪い」と指弾される例は、現代でもよく見かけます。でも、本人の目からは、いったい何がどう見えていたのか。

ナラティブ・セラピーによって、『客観的現実』よりも『人々の間で構成される現実』がリアリティを持つようになった」（前掲書、裏表紙紹介文より）との指摘があります。

今回、「源氏物語」を改めて読み返してみて、最後の浮舟の姿は、薫が最後の手紙で指摘した「彼女の罪」＝「（当時の社会規範における）客観的現実」を、ようやく手に入れつつある自分の言葉で語り、「人々の間で構成される現実」としてとらえ直していく、その途上にある姿だと考えるに至りました。

夢浮橋巻は、浮舟が薫の手紙に返事することなく閉じられます。もちろん、現存の「源氏物語」の形はこれで完結するのだと思いますが、そのうち、尼として年を取った浮舟が、自分がなぜ尼になったのかを書き、それを若い女性たちが読み、共感し、自身も言葉を得て救われていく。そんな連鎖を予感させる結末と考えてもいいのではないでしょうか。そういえば「無名草子」の視点人物の設定が、尼と若い女房たちの対話によってなされているのも、この連鎖と無縁ではない気がします。

■「源氏物語」の結末。そして、物語は続く

カルチャーセンターなどでお話ししていると、時折、「源氏物語」の主要な女性登場人物は誰一人救われていないのではないか、結末にも、あまりにも希望がないように見えて辛いという感想をいただくことがあります。一度など、「なぜ紫式部はこんな女が不幸になるばかりの長い物語を書いたのだと思いますか？」とＳＮＳで問われ、『世の中はかくも女に辛く出来ている。覚悟せよ』、ってことなんじゃないでしょうか」などと答えてしまったこともありました。

確かに、「源氏物語」は、バッドエンドなストーリーで満ちています。まずはそれ自体に目を背けずに読むことに意味があるのは言うまでもありません。

ただ日記にせよ、物語にせよ、バッドな目に遭った女たちの言葉が文章として残される。それをまた誰かが読み、さらに新しい言葉や物の見方が生まれていく。その「救済」「癒やし」を望む流れは、決して絶えずに続くのだと思います。バッドな目に遭う女がいなくなるまで、ずっと。最後の微かな希望として、「源氏物語」の最後のヒロイン像には、その可能性が書き込まれているのではないでしょうか。

物語の結末近く、浮舟は、匂宮はもちろん、薫にももう会いたくはないようですが、自分の母にだけは一目でいいから会いたいと漏らしています。いつか、母にあてて、彼女が日記を書くかもしれません。

さらに、もしかしたら、いつか薫が望み通り出家して、浮舟の日記を読む機会を得たら、「彼

女の罪」（第十一講をご参照ください）ではなく、自分がしてしまった「罪」に少しは気づく日があるかもしれない――などと、希望的妄想による物語の続きを紡ぎながら読み終わると、私自身も少し、救われる気がします。

男女のコミュニケーションの不可能性が投げ出されただけで終わっているわけではないのだと、近頃の私は、信じたく思っています。

おわりに――古典を現代に

「源氏物語」について、何か書いてみませんか――こうオファーをいただいたのは、二〇二二年の初夏のことでした。

私が、大学院の修士課程に進んだのが一九九一年。そこから曲がりなりにも古典研究の道を志したわけですが、それからおよそ十五年後には、諸事情から「もう論文を書くのは無理。やめよう」と、残念ながらそこから逃走する（私個人の感覚ではそんな感じでした）事態となってしまいました。

それから数年を経て、小説家としての第一作『源平六花撰』（文藝春秋）を出すことができたのが二〇〇九年。以来、おかげさまでどうにかこうにか、途切れなく本を出し続けることができて、デビュー作からそろそろ十五年になろうとしています。つまり、研究者として過ごした時間を、小説家としての時間の方がもうすぐ上回るわけですが、このタイミングで、こうした機会に巡り会ったのは、今から考えるととても幸運なことであったと思います。

今なら、論文には書けなかったことを、研究者として古典と向き合っていた感覚や方法も活かしつつ、でも、あくまで小説家としての物の見方と言葉の選び方で、形にできるのではないか。

「源氏物語」のお好きな方はもちろん、読んだことはないけれど最近ちょっと興味がある、くらいのお気持ちの方にも、面白く読んでいただけるような物が書けるかもしれない。そう思って、思い切ってお引き受けいたしました。

WEB MAGAZINE「集英社 学芸の森」で連載していた時には、SNSなどを通じて多くの温かいお言葉をいただきました。改めて、御礼を申し上げます。そして、出来上がったこの本がこれからどんな方にどう届くのか、どう受け止められるのか、今この原稿を書きながら、どきどきしています。

この連載を書きながら、常に念頭に置いていたのは、「古典を現代に」という言葉でした。これは、落語立川流の家元、故・立川談志の言葉としてよく知られています。

私自身が落語好きになった頃には、すでにお家元（コアな落語ファンたちの中には、尊敬と親しみを込めてこう呼ぶ人がいるようです）の高座を生で見聞きする機会は、なかなか得られない状況でした。でも、この考え方、古典落語も現代と接点を持って演じられるべきだというのは、落語家や演芸ファンに留まらず、エンターテインメントに関わる多くの人に浸透し、支持し続けられていると感じます。

古典文学もそうあるべきではないか。小説家として、「文学だってエンターテインメントとして面白くなければまったく受け入れてもらえない」という事実を、イヤというほど見せつけられてきて、私は改めてその意を強くしています。

私が大学院に在学していた頃から現在までに、日本中の大学から、「国文学科」「日本文学科」などの名称を持つ学科・専攻がものすごい勢いでどんどんと消えていきました。中学や高校で古文漢文が扱われる機会も減っています。高校生くらいの若い世代と話をすると、必ずと言って良いほど、「古文、漢文なんて学んでも、これからの将来に何の役にも立たない」と言われてしまいます。

何が役に立つか立たないか。実のところ、これは、人生けっこう時間が経ってみないと分からない、というのが、数年後には還暦を迎える（平安時代なら四十賀くらいにあたるでしょうか）私の実感です。若い頃に「こんなもの、なんの役に立つんだ！」と思ったモノ、コトが、今になって「ああ知ってて良かった」、あるいは「しまった、勉強しておけば良かった」となった例は数知れません。

でも、それを今、現代を生きる若い人に「お説教」しても、きっとすんなりとは聞いてもらえないでしょう。

それなら、どうするか？　今、私にできそうなことは、たぶん、一つしかなさそうです。

「源氏物語」って面白いのよ、こんなに！

ほら、あっちもこっちも、現代にも通じるでしょ？

これを、自分でやってみせること。

もちろん、古典ならではの読みづらさ、社会規範の分かりづらさ、差別意識のひどさなど、伝える上で妨げになることはたくさんあります。でもそこを「古典だから」と不問に付したり、無視したりしないで、伝わるように読み解いた上で、現代にも接点のあるものとして、面白さを提示する。

面白かったら、世代を問わず、きっと振り向いてもらえる。読んでもらえる。そのためになら、労を惜しまない。

元・研究者で、今・小説家の私ができるのは、これくらいなのかなあと思っています。

この本は、「源氏物語」って面白い！　をお伝えしようとする、今の私の精一杯の試みです。

最後になりましたが、毎回、テーマに合った素敵なイラストで心強い味方になってくださった中島花野さん、また、書きたいことが多すぎて、ついついあちこちへ迷走しがちな私に、常に適切な信号を出し続けてくださった、集英社学芸編集部の石川景子さんをはじめ、編集部の方々に、心から感謝を申し上げます。

どうかこの本が、一人でも多くの方に、届きますように。

二〇二三年夏

奥山景布子

初出

この作品は、WEB-MAGAZINE「集英社 学芸の森」

(https://gakugei.shueisha.co.jp/mori/)に全十三回にわたって連載されました。

(二〇二二年十一月二十三日更新～二〇二三年八月二十三日更新)

書籍化に際し、各章のタイトルを変更し、本文を加筆・修正しました。

【参考文献】

『新編　日本古典文学全集』（小学館）
『新潮日本古典集成』（新潮社）
『新釈漢文大系』（明治書院）
※「源氏物語」「紫式部日記」「大鏡」「栄花物語」「古今和歌集」「新古今和歌集」謡曲「葵上」「枕草子」「蜻蛉日記」「和泉式部日記」「更級日記」「無名草子」の引用については『新編　日本古典文学全集』（小学館）に、「紫式部集」については『新潮日本古典集成』（新潮社）に、「白氏文集」については『新釈漢文大系』（明治書院）に拠っていますが、表記など一部は私的に改めたところがあります。また現代語訳は奥山景布子が新たに訳したものです。
『紫式部日記全注釈』萩谷朴（角川書店）
『男同士の絆――イギリス文学とホモソーシャルな欲望』イヴ・K・セジウィック、上原早苗・亀澤美由紀訳（名古屋大学出版会）
『源氏物語の結婚――平安朝の婚姻制度と恋愛譚』工藤重矩（中公新書）
『NHK「100分de名著」ブックス　紫式部　源氏物語』三田村雅子（NHK出版）
『フェミニズムがひらいた道』上野千鶴子（NHK出版）
『シンデレラ・コンプレックス　自立にとまどう女の告白』コレット・ダウリング、抄訳版：木村治美訳、全訳版：柳瀬尚紀訳（三笠書房）
『あさきゆめみし』大和和紀（講談社）
『春のめざめは紫の巻　新・私本源氏』田辺聖子（集英社文庫）
『源氏物語』橋田壽賀子（KKベストセラーズ）
『ドイツ教養小説の成立』登張正実（弘文堂）
『別冊國文學・No.13 源氏物語必携Ⅱ』秋山虔編（學燈社）〈後藤祥子「朧月夜の君」〉

『社会的葛藤の解決――グループ・ダイナミックス論文集――』K・レヴィン、末永俊郎訳（創元社）
『歴史のなかの皇女たち』服藤早苗編著（小学館）
『家成立史の研究――祖先祭祀・女・子ども』服藤早苗（校倉書房）
『現代語訳　小右記』倉本一宏編（吉川弘文館）
『全訳 源氏物語』與謝野晶子（角川文庫）
『説教したがる男たち』レベッカ・ソルニット、ハーン小路恭子訳（左右社）
山本（山口）典子「ミス・コンテストに象徴される女性への人権侵害――堺市女性団体協議会のミスコン反対運動から――」『日本大学大学院総合社会情報研究科紀要』No.18
「個人的なもの」と想像力』吉澤夏子（勁草書房）
『欲望の現象学』ルネ・ジラール、古田幸男訳（法政大学出版局）
『女ぎらい　ニッポンのミソジニー』上野千鶴子（朝日文庫）
『物語文学、その解体――『源氏物語』「宇治十帖」以降』神田龍身（有精堂出版）
『別冊NHK100分de名著 フェミニズム――「女であること」を基点にする』加藤陽子、鴻巣友季子、上間陽子、上野千鶴子（NHK出版）
『[改訂新版] ピグマリオン・コンプレックス：プリティ・ウーマンの系譜』小野俊太郎（小鳥遊書房）
『摂関時代文化史研究』関口力（思文閣出版）
『ナラティヴ・セラピー：社会構成主義の実践』S・マクナミー、K・J・ガーゲン編、野口裕二・野村直樹訳（遠見書房）
『日本大百科全書（ニッポニカ）』（小学館）
WEBサイト「情報・知識&オピニオン imidas」（集英社）
『現代用語の基礎知識』（自由国民社）
『集英社世界文学大事典』（集英社）

〈著者プロフィール〉

奥山景布子（おくやまきょうこ）

一九六六年生まれ。小説家（主なジャンルは歴史・時代小説）。名古屋大学大学院文学研究科博士課程修了。文学博士。主な研究対象は平安文学。高校講師、大学教員などを経て、二〇〇七年、第八十七回オール讀物新人賞を受賞し作家デビュー。二〇一八年に『葵の残葉』（文藝春秋）で第三十七回新田次郎文学賞、第八回本屋が選ぶ時代小説大賞をダブル受賞。古典芸能にも詳しく、落語や能楽をテーマにした小説のほか、朗読劇や歴史ミュージカルの台本なども手掛ける。また「集英社みらい文庫」レーベルでは、児童向けの古典案内・人物伝記も精力的に執筆。著書多数。

フェミニスト紫《むらさき》式《しき》部《ぶ》の生《せい》活《かつ》と意《い》見《けん》
～現《げん》代《だい》用《よう》語《ご》で読《よ》み解《と》く「源《げん》氏《じ》物語《ものがたり》」～
2023年９月30日　第１刷発行

著　者　奥《おく》山《やま》景《きょう》布《こ》子
発行者　樋口尚也
発行所　株式会社 集英社
〒101-8050　東京都千代田区一ツ橋2-5-10
電話　編集部　03-3230-6137
読者係　03-3230-6080
販売部　03-3230-6393（書店専用）
印刷所　大日本印刷株式会社
製本所　ナショナル製本協同組合

ISBN978-4-08-781744-7　C0095